盛世天光

[马来西亚]

李天葆 著

GUANGXI NORMAL UNIVERSITY PRESS

广西师范大学出版社

·桂林·

盛世天光
SHENGSHI TIANGUANG

图书在版编目（CIP）数据

盛世天光 /（马来）李天葆著. —桂林：广西师范大学
出版社，2019.12
ISBN 978-7-5598-2302-1

Ⅰ. ①盛… Ⅱ. ①李… Ⅲ. ①长篇小说－马来西亚－
现代 Ⅳ. ①I338.45

中国版本图书馆 CIP 数据核字（2019）第 236157 号

广西师范大学出版社出版发行

（广西桂林市五里店路 9 号　邮政编码：541004）

网址：http://www.bbtpress.com

出版人：张艺兵

全国新华书店经销

广西民族印刷包装集团有限公司印刷

（南宁市高新区高新三路 1 号　邮政编码：530007）

开本：787 mm × 1 092 mm　1/32

印张：8.25　　　　字数：170 千字

2019 年 12 月第 1 版　　2019 年 12 月第 1 次印刷

印数：0 001~5 000 册　　定价：49.80 元

如发现印装质量问题，影响阅读，请与出版社发行部门联系调换。

李天葆和他的"天葆"遗事

王德威

马来西亚华文文学是治当代文学者不能忽视的版块。马华文学的发展向来是华语语系文学的异数。尽管客观环境有种种不利因素,时至今日,也已经形成开枝散叶的局面。不论是定居大马或是移民海外,马华作家钻研各样题材、营造独特风格,颇能与其他华语语境——大陆、台湾、香港、美加华人社群等——的创作一别苗头。以小说为例,我们谈及台湾的李永平、张贵兴、黄锦树,大马的潘雨桐、小黑、梁放或是游走海外的黎紫书时,几乎可以立刻想到这些作家各自的特色。

在如此广义的马华文学范畴里,李天葆占据了一个微妙的位置。李天葆1969年出生于吉隆坡,十七岁开始创作。早在九〇年代已经崭露头角,赢得马华文学界一系列重要奖项。这时的李天葆不过二十来岁,但是下笔老练细致,而且古意盎然。

像《州府人物连环志》状写殖民时期南洋州府(吉隆坡)华埠的浮世风情,惟妙惟肖,就曾引起极多好评。以后他"变本加厉",完全沉浸在由文字所塑造的仿古世界里。这个世界秾艳绮丽,带有淡淡颓废色彩,只要看看他部分作品的标题,像《绛桃换荔红》,《桃红刺青》,《十艳忆檀郎》之《绮罗香》、之《绛帐海棠春》、之《猫儿端凳美人坐》就可以思过半矣。甚至他的博客都名为"紫猫梦桃百花亭"。

与李天葆同辈的作家多半勇于创新,而且对马华的历史处境念兹在兹,黄锦树、黎紫书莫不如此。甚至稍早一辈的作家像李永平、张贵兴也都对身份、文化的多重性相当自觉。李天葆的文字却有意避开这些当下、切身的题材。他转而堆砌罗愁绮恨,描摹歌声魅影。"我不大写现在,只是我呼吸的是当下的空气,眼前浮现的是早已沉淀的金尘金影。——要写的,已写的,都暂时在这里作个备忘。"他俨然是个不可救药的"骸骨迷恋者"。但我以为正是因为李天葆如此"不可救药",他的写作观才让我们好奇。有了他的纷红骇绿,当代马华创作版图才更显得错综复杂。但李天葆的叙事只能让读者发思古之幽情吗? 或是他有意无意透露了马华文学现代性另一种极端征兆?

李天葆的文笔细腻繁复,当然让我们想到张爱玲。这些年来他也的确甩不开"南洋张爱玲"的包袱。如果张腔标记在于文字意象的参差对照、华丽加苍凉,李的书写也许庶几近之。但仔细读来,我们发觉李天葆(和他的人物)缺乏张的眼界和历练,也因此少了张的尖诮和警醒。然而这可能才是李天葆的本色。他描写一种捉襟见肘的华丽,不过如此的苍凉,仿佛暗示吉隆坡到底不比上海或是香港,远离了《传奇》的发祥地,再动人的传奇也不那么传奇了。他在文字上的刻意求工,反而提醒了我们他的作品在风格和内容、时空和语境上的差距。如此,作为"南洋的"张派私淑者,李天葆已经不自觉显露了他的离散位置。

但李天葆生于斯、长于斯,显然有不同的看法。尽管他张腔十足,所呈现的图景却充满了市井气味。李天葆的作品很少出外景,没有了胶园雨林、大河群象的帮衬,他的"地方色彩"往往只在郁闷阴暗的室内发挥。他把张爱玲的南洋想象完全还原到寻常百姓家,而且认为声色自在其中。新作《绮罗香》中,《雌雄窃贼前传》写市场女孩和小混混的恋爱,《猫儿端凳美人坐》写迟暮女子的痴情和不堪的下场,《双女情歌》写两个平凡女人一生的斗争,都不是什么了不得的题材。在这样的情境下,李天葆执意复他的古、愁他的乡;他传达出一种特殊的马华风情——轮回的、内耗的、错位的"人物连环志"。

归根究底,李天葆并不像张爱玲,反而像是影响了张爱玲的那些鸳鸯蝴蝶派小说的隔代遗传。《玉梨魂》《美人泪》《芙蓉雨》《孽冤镜》《雪鸿泪史》……甚至上至《海上花列传》。这些小说的作者诉说俚俗男女的贪痴嗔怨,无可如何的啼笑因缘,感伤之余,不免有了物伤其类的自怜。所谓才子落魄,佳人蒙尘,这才对上了李天葆的胃口。《绮罗香》卷首语谓之《绮罗风尘芳香和圣母声光》:"凡是陋室里皆是明娟,落在尘埃无不是奇花,背景总得是险恶江湖闯荡出一片笙歌柔靡,几近原始的柳巷芳草纵然粗俗,也带三分痴情。"诚哉斯言。

与正统写实主义的马华文学传统相比,李天葆的书写毋宁代表另外一种极端。他不事民族或种族大义,对任何标榜马华地方色彩、国族风貌的题材尤其敬而远之。如上所述,与其说他所承继的叙事传统是五四新文艺的海外版,不如说他是借着新文艺的招牌偷渡了鸳鸯蝴蝶派。据此,李天葆就算是有中国情结,他的中国也并非"花果飘零,灵根自植"的论述所反射的梦土,而是张恨水、周瘦鹃、刘云若所敷衍出的一个浮世的、狎邪的人间。在这层意义上,李天葆其实是以他自己的方法和主流马华以及主流中国文学论述展开对话。他的意识形态是保守的;唯其过于耽溺,反而有了始料未及的激进意义。

李天葆的南洋遗事怀旧书写方式

金　进

阴性化的南洋女史谱系

　　李天葆的小说中试图构建一条明显的南洋女史谱系。《花田错》是李天葆较早探索女性命运的小说，田赛红在家庭中是一个非常强势的女人，每次对软弱的丈夫花继仁指手画脚。为了摆脱花大姐的经济要挟，她出去做饭档洗碗工，又做过几次生意。妯娌之争逼得田赛红只能选择绝地反击。在一次貌似轻松的闲聊中，她向邻居爆料花大姐女儿阿细未婚先孕的家丑，一下子扳回局势，一个类似张爱玲笔下的曹七巧出现在我们面前。《腊梅二度》讲述了女性主动追求个人幸福的觉醒过程。腊梅每晚替丈夫阿融看守香烛摊，阿融却在外面包养二奶。薄饼摊摊主麒麟时常关心苦命的腊梅，随之而来的风言风语引发了一场家庭风暴。和田赛红一样，腊梅离家自主，先做洗碗工，后开档卖客家笋饭。这篇小说有一个亮点，就是对女性同性相残的处理，二奶起先踌躇满志："女人满头蓬发，套一件男人恤衫，短裤底下是白松松的腿，十指血红，蜡黄脸上眉毛拔细，唇色紫艳艳的；拎着饭盒，正往麻将馆走去"；等她转正后，她一样延续着腊梅的命运。同性的竞争，结果胜利的一方永远不是女性，而是处于威权地位的男性，由此可见，女性自我觉醒的过程是多么艰难。

《盛世天光》是李天葆目前最重要的长篇小说，小说的篇目分别是："第一卷 花开金银蕊""第二卷 花飘惜红，蝉落池影""第三卷 月映芙蓉""第四卷 芳艳芬"，以小说中的女性命名之，其中的女史谱系相当明显。杨金蕊一生进取，执掌吉隆坡最闻名的梅苑酒家，故事就由这个地方开始："原址在陆佑东兴楼公司那一排的前边，只是传说六十年代间曾一度易手，八十年代东山再起。创办人钟嘉裕，广东台山人，二十年代闻人，隆市里一条小路曾以其命名之，直到独立后才改换马来历史伟人的名字。但依然有人记得前朝旧称'惹蘭嘉裕'，不过已忘记他是何许人，还有那么一间'梅苑'。其独子钟贵生大概是'虎父犬子'。后世撰述者大都忽略他——至多是当作梅苑的少东主罢了。然而钟嘉裕的儿媳妇杨金蕊却颇有名声。"金蕊（女人）与酒家（历史）开始了互相纠结的历史过程。这位钟家儿媳，当年为了能够成为梅苑少儿媳,在妹妹银蕊出水痘之际替妹出嫁,圆了自己的富家梦。后来,银蕊嫁到南洋。为了维持体面,金蕊很长时间不认这个出身寒微的妹妹。金蕊的女儿玉蝉,因为女儿身从小就不为母亲所喜,在母亲的威压下,变得内向而自闭:"通常是从梅苑回来,午睡前那一段空当,玉蝉就会随着女佣穿堂入室,打起帘子,会见母亲。她总是略俯下头,问:'吃过了没有?'都属于起居饮食的问题,由底下人一一回答。末了,才要玉蝉叫一声:'阿娘安好。'声音哑哑怯怯,带三分畏惧。这母亲不耐烦地一挥手,即表示要送玉蝉走了。一个小女孩几乎走不到亲生妈妈的身边,从来没试过撒娇笑闹,耳闻轻柔的催眠曲入睡。"后来,玉蝉被日本兵轮奸而生下蝶芬、黛芳二女,她们继承着金蕊的泼辣心计和未知父亲的野蛮性格。小说的另一条女史线索以银蕊为中心,银蕊本是唐山出身,是钟家少爷相中的结婚对象,但被姐姐抢了出嫁机会。不久也下嫁给南洋卖面郎阿勇,生下一女惜妹。惜妹自小讨厌大姨金蕊的飞扬跋扈和父亲的胆小懦弱,后来爱上滥好人范舟桥,生了两个女儿,可大女儿月芙一个失足从楼上摔死,二女儿月蓉难产而死,正应了红颜薄命的说法。男性社会对女性社会的伤害可谓重大,日本强盗轮奸玉蝉(致使其精神失常)、景明强奸月蓉(月蓉后来难产而死)……在此,男性社会一旦靠近,女性只有被伤害或者死亡。一直到小说的最后,蝶芬与一个编制竹帘的男子成婚,还生有一女,百年的女史谱系才归于平静,李天葆也表达着平静的日子才是生命的真谛的想法。

李天葆所构建的是一个类似"母系社会"的血缘体系。在《盛世天光》中,杨金蕊(钟贵生)→钟玉蝉(日本兵)→蝶芬、黛芳→蝶芬生下一女;杨银蕊(何阿勇)→何惜妹(范舟桥)→范月芙、范月蓉。这一脉传下来的都是女性,男性在这个谱系中居于次要地位,如离家出走的钟贵生、终日劳累的阿勇、滥好人范舟桥,他们在整个女史谱系的历史中显得微不足道。而母系谱系中,虽然同性相争一直存在,但每每荡漾起同性之间的关怀,如惜妹看望被奸成孕的玉蝉时,"觉得金蕊到底是有一套自己的生存法则,一个女人撑着半边天,不简单,不会只靠那几个下三烂的招数",对大姨的为人有了些许理解。杨金蕊是个外强中干、内在空虚,在权力的重压下物化了的人物,七十多岁了还得维持着梅苑酒家:"立在梅苑门前,天光炽烈,艳阳高照。金蕊一笑,钟家那批亲戚要她把账目交出来,哪里这么容易……汩汩流动的血,胸口一起一伏。她望望天色,走入梅苑——这个姿势,多年前已有人见识过了",成为小说中的悲剧人物。而杨银蕊则是小说中善良品格的代言人,她是阿勇一家的精神支柱,后来的月蓉身上隔代遗传着银蕊的善良性格。银蕊的鬼魂一直在小说中出现,支撑着丈夫、姐姐、女儿的精神,使得小说在真实与虚构中多了一些美好的但让人心痛的感觉。

张派传人的"苍凉"传统

张爱玲笔下的"苍凉"风格一直是众多现代作家模仿的对象。李天葆承认自己对张爱玲的模仿。他曾说:"文人无行——模仿张爱玲就是最大证明了。模仿有什么好处?创新是辛苦的,一步一脚印,怎及站在大师肩膀上省心,以绵丽华丽的风格当包裹的遮羞布,以别人写过的上海转化为旧时代南洋,写不下去便顺手拿出经典翻翻,还得奖呢。我也不妨自揭底牌,描花描凤是曼桢曼露,桃红是葛薇龙,田赛红是丁阿小,水香是月香;《桃红闹语》的'闹语'是'流言'——一件脏,两件也是秽,像某些风尘女子下海的理由。"①李天葆也曾讲述自己和张爱玲之间的缘分:"只记得初中二投过一篇《尊孔行有感》,发表在马来亚《通报》的'通苑'版,算是首次见报;同版还有张爱玲《小艾》出土的消息。命运的戏剧性往往如此——两者都与我息息相关。"②2009年,李天葆获得第32届时报文学奖,当时有评审委

---

① 李天葆:《葆家信笔》,新山:《蕉风》2006年1月第494期。
② 李天葆:《重头回望》,新山:《蕉风》2006年1月第494期。

员就表示其作品具有张爱玲的风格。① 那么是哪些因素构筑起李天葆的这种"苍凉"风格呢?

一如张爱玲,李天葆对意象的运用非常成功,如"月亮""风"等意象。在月亮的意象塑造上,李天葆的功力不在张爱玲之下:"近天亮,乐园巷上空便挂起一片水蓝布幔,月亮斜照,光色里有冰凉意"(《旧乐园巷》)、"夜晚的钟,大大的,像月亮,当的一声响,警察局的门关了"(《阿飞正传》)、"天边升起一弯月牙,是一柄梳子,梳着夜的发,浓浓无边的发"(《水香记》)、"我认为月色虽是美丽,到底免不了凄怆虚无的感觉"(《月》)。第一次出现"风"的意象在《腊梅二度》中:"一股风,凤仙花舞腰,妇人背后只觉得冷,喃喃道:'什么鬼风,吹得人好寒。'然后径自回屋熨衣,乏了也就回房睡去";接着,"腊梅抚脸,火烧一般;她拿起棉包,想哭。此时,神前灯火已熄了";最后"风掠过,妇人的发飘飘欲飞,卷成花。麒麟惘惘地立着,等着腊梅的身影没在后廊,他便也走了";等等。小说中的"风",一次是带给腊梅

---

① 评审意见如下:"同样获得七分的《指环巷九号电话情事》……其文词叙事却很怀旧,字句精练紧凑且完整,深受多位评审的喜欢。季季与陈芳明均觉得此作品的文字叙述像张爱玲,对生活诸多琐事描述精确却有余味。……创作者利用谐音为故事内容的象征,如'指环'象征被套住,意味着主角被拘在一个小屋子里;'九'是远久的谐音;'情事'包含了亲情、感情、同志之情等,电话是对外的沟通桥梁。"参见陈仕哲记录整理《短篇小说组决审记录·惊喜新语言》,台北:《中国时报》2009 年 10 月 26 日第 5 版。

病痛的寒风,一次是腊梅离家出走的心情,最后一次是腊梅所遇到的春风,命运由此转折。后来的《水香记》《旧乐园巷》都出现了风的意象,每次"风"的出现,都直接带出小说人物的心情,渲染着小说的情境。在李天葆的小说中,这种怀旧风格颇似张爱玲,既有苍凉的艺术风格,又有传奇的故事底蕴,这也难怪王德威毫不犹豫地将其归入"张派传人"之中。①

其次,对民间生活的关注也是李天葆的特色之一。李天葆笔下的女性人物都是一些命运多舛的江湖人物,包括妓女、按摩女郎、情妇、歌女等,这让他的小说充满着传奇色彩。李天葆笔下的女性总是那么苍白而异样,多被李天葆涂抹上怀旧色彩。正如他的自序所指:"本册专门刊载文艺青年李天葆之文字产物,细看全篇,只觉得空洞无物、空虚乏味、范围狭隘、滥情怀旧,只注重形式上的追求,内容呈现一片苍白,毫无半点社会意识,总结是为了写而写,吟风弄月,贩卖少年愁,无病呻吟,实不可取也,如诸位看官不信,请翻开下一页细看究竟——是为序。"②不过这种对边缘小人物的塑造,使得李天葆小说展现出一种用民间叙事超越正史叙事的企图。以《盛世天光》为例,李天葆将马

---

① 王德威的原话是:"李天葆是南洋张派代表,文字典雅。"参见陈芳《文学可以"发愤以抒情"——王德威教授专访》,香港:《明报》2008 年 10 月第四十三卷第 10 期(总 514 期)。

② 李天葆:《红鱼戏流璃·序》,吉隆坡:代理员文摘出版社,1992,第 1 页。

来西亚1957年建国以来的重大事件，都化入小说之中。在1930年代南洋支援抗战的时候，"南洋州府还未进入日治时代，梅苑酒楼的生意一直很好，但唐山的烽火战事没断过，这里的人一方面筹钱抗日，拯救同胞，一方面还觉'萝卜头'不至于把魔爪伸向南方，即使来了，至少也有英国红毛兵抵挡，况且长久以来，洋枪洋炮，到底仍是红毛人在行，怎样都轮不到东洋鬼张牙舞爪"。对于1942年开始的三年零八个月的日本殖民历史，南洋居民"依旧觉得心悸——到处可听见奇惨无比的传闻，有的村落一夜之间消失，村民被屠杀殆尽，若不是有漏网之鱼，日后也无法追算旧账。八十年代电影《血的记录》一片上演了两个月，忽然唤醒了蒙尘封锁了的记忆匣子，有的不过当作危言耸听的猎奇，但绝大多数五六十岁的人却震撼一如当年——尤其是老吉隆坡，一说起日治时期的南益大厦，就不寒而栗，如今夜里仿佛仍可以隐约听到受刑的惨叫"。马来西亚独立之初的历史图景建构："战后的五十年代不像战时的忧心忡忡，小巷里经常有时髦男女，皆戴上太阳眼镜，连年轻马来女子也不例外：一袭蜡染热带花木图案长裙，通花薄纱蒙头，在南洋丽日似火底下，露出一双杏眼和浅褐色皮肤，一个个在小杂货店买咖喱香料。远处时而传来诵读《古兰经》的吟唱，一声声拖得长长的，总在天色昏昧的清晨或黄昏出现。"对1969年的"五·一三事件"，最早的描写出现在《秋千，落花天》中："入夜，市区发生了殴打和烧车事件,引起暴乱;不久,收音机的新闻报告中宣布戒严。街上冷冷地站着红头兵,相隔四五步就有一个,手里都握着漆黑的警棍。"对"马共"的描写:"说起共产党,一般人只有同情,一种几乎是感情上的自然反应,亲友之间总有几个是热衷解放事业的,继而无端地失踪,恐怕是进入森林报到,反殖民地反资本主义,身负解放全民族之使命……但老于世故的市民谈到一半,便住了嘴,在茶室里喝咖啡也不大提起。"

结　语

李天葆表示过写作已经成为他的生活习惯:"当你写成习惯之后,也许写得比较少,或者没有那么频密,但是你还会一直在写,那是一种写作的习惯:你已经习惯把你所感受的东西用文字来表达,这样的一个手续你已经掌握了。"①对于近二十年来一贯的小说"怀旧"式的笔法,李天葆自知很多人不喜欢:"谁耐烦看那种一大篇不大分段的旧体文字? 内容竟是千篇一律的妇人女子,背景五六十年代? 自己不厌,别人听见也厌了,遑论细心

① 李天葆、陈志鸿:《虚幻也是一种存在:访李天葆》,新山:《蕉风》2006 年 1 月第 494 期。

拜读"①。不过他还是充满自信:"写文章不过是有话要说,或者重新描摹那曾令自己震动的刹那感觉——散篇零章,聚集起来,就属于一个整体,从中翻阅,几乎可以看出人的个性,即使是侧面,也还算是收获。这本集子里,大概有自己一点面影了。"②李天葆的笔墨有意地往生命沧桑里面挣,小说中大量出现"沧桑""悲哀""哀伤""凄怨""冷冽"等词语。李天葆在自己单一的艺术风格中寻找灵魂慰藉的处所,这种单纯的艺术风格,一纯到底,反成了他独步马华文坛的特色,也是成就他的重要原因。

---

① 李天葆:《后记:烧鸡蛋糕和风月情浓以外》,《民间传奇》,吉隆坡:大将出版社,2001,第187页。

② 李天葆:《填充题——自序》,《红灯闹语》,雪兰莪:乌鲁冷岳兴安会馆,1995,第1页。

都门梦忆（代自序）

李天葆

　　如果我离开吉隆坡……世上没有不可能的事,有时为了生活,而且这确实是部分事实……即使是大都市,也会有没有容身之所的时候,只身孤影,无处可去,离开也纯属合理。匆匆黑夜里反照的玻璃车镜,模糊的眼角和黯淡街影重叠,处处习惯戏剧性的自己,身后理应有主题曲冉冉响起,可是没有,一切默然;车声领先,颇久之后缓缓才有淡淡女音微吟,虽不是情歌爱曲,到底也有一丝爱意。

　　写《盛世天光》,处处有老吉隆坡的痕迹……只不过最重要的还是人物,其他都是背景里隐然流动的暗花,刻意为了一座城市来写作,好像非常本末倒置的样子。我没有过度的情意结……小说是小说,以都门为题,到底是写散文笔记较好。尤其写成《陶庵梦忆》的格局,很有古意的潇洒。我们活着,多有顾影回眸的坏习惯……面对轻快铁透明车窗外的现代风光,高耸的双峰宝塔,略微仿古西洋长柱形的时代广场,再往前走下去,俯瞰英殖民时代的老监狱……时空交错,我可也没忘记童年时候的此处,方圆一里内,整八间戏院,如今无一幸存,仿佛在跟自己的记忆开玩笑……沧桑本自然,只是从来没有一个地方,如此无情,以致可以随时毁灭记忆,让我几疑过去活在另一个城市,而今隐埋在云里雾里的梦中。那分明是小时候出现的一楼一底的房子,阳台边有扇形铁栏栅,如扇打开,尖端是箭尖一样,丰子恺漫画里常见的……穿天蓝云纹绸布衫裤的老太太,拉了一把椅子坐着,楼底有过年时候点燃爆竹后的碎红,大太阳下艳红异常,我仿佛觉得还有另一位姊妹,在竹帘后面,没有出来。青少年时期的吉隆坡像是已经褪色的画卷……就算身在原址原地,到底恍惚得"恍如隔世"。刻意从历史政治的架构里创作,美其名曰提升,其实与性格不合。所以写作策略云云,毕竟谈不上,套一句过去的文艺术语:"时代色彩,地域特色不过是为小说服务。"……是肌理,而不是游离于整部作品之外。记得贾平凹有个长篇,章节之间总有写商州的地理人文,纵然精彩百出也属于赘肉。一个作者一个城市,虽然是情理之中,却非必然。我在一所面包屋赶写这长篇,周遭的人和杂音浮沉,定时来坐一坐写一段……后来这面包屋也关闭了,一次去另一间西饼店买三明治,收银的小姐马上说记得我,在那间旧店……我忽然觉得亲切,虽然她不像范月蓉,却极接近那熟悉的一章。

　　我只能略带惆怅地回想昏黄记忆里的东姑花园,绿茵边的冬菇亭子,秋千架,黑白照片……里面的童年欢乐大概渐行渐远了;湖滨公园的暗紫色清晨,爸爸驾了汽车停在一边,我陪着他沿湖畔小路散步,灵郁清芬,扑面都是天上的仙气。旧式茶楼的蒸笼,浮起肉香,人语笑声,风扇摇晃下茶烟氤氲,即使现在有类似的地点,我还是一厢情愿地认为,这不过是仿造……但即使如此,面对眼前的一切,我还是欢喜;至于不欢喜的,以后这种种可能也随之化为云烟。老火车站的餐厅里有灯影荔枝红,我瞥过一眼,缓缓走出去,走过去,不敢回头,从此就这样老去……人生该来的,意料之外的,发生在自己身上,发生在吉隆坡身上;怀着旧有记忆里的我不认识的她,漠然地历尽沧桑下去。

目　录

第四卷　芳艳芬

第一卷　花开金银蕊

一 银蕊春逝

一楼一底的房子靠近大街,天色未明,已听见贩夫推车,木轮滚动,压着路面,一声声由远而近。

银蕊在帐子里就感到腹肚微疼,摸着黑,也没点灯,坐上红漆马桶,却不见有什么动静;过一阵子,突觉一道温热水流缓缓泻出,是血。她吁了一口气,以手绾着头发——分明知道自己不行了。半个月光景,瘦成一把骨头。银蕊扶着墙,系上裤带,半晌,浑身乏力。

楼下的狗惊醒,汪汪地吠起来。贩夫低声喝住。恐怕是外来的野狗,误入此处的五脚基,翻找垃圾,倦了就趴地而睡。那天,银蕊在门口瞥见一只脱毛黄犬,嘴咬着块鸡骨欲匆匆离去,她回身抓了一束椰丝骨,走上去就打;狗急急闪避,可还是死衔住骨头不放,银蕊脚踩着木屐,顿地一跺,骂道:"什么都要抢!

死狗!"椰丝骨一把扔过去,黄犬受惊,忙吐出骨头,奔至巷口,但依恋难舍,犹伸颈张望。银蕊且不进去,端坐在小竹凳上镇守。隔壁卖八宝去湿茶的陈婆婆,笑她太认真了,不过是一条瘦皮狗罢了;银蕊冷笑:"我生平最讨厌这种偷鸡摸狗的事,明抢不了,便暗地里抢!"陈婆婆不明所以,只是晓得她有所感,借狗骂人,也就不搭腔了。

当晚入夜,银蕊大泻不止,将近天亮,下的全是血水。

自此她没有出过大门。

车子推到另一条街去,狗吠声渐止。

银蕊挨近眠床,眼前一片昏花晕眩,手一抓,抓稳了蚊帐金钩,身子方坐定。

眠床的雕栏上搭着平时换下来的衣裙,没拿去洗,隐隐传来汗酸味。她闭上眼,黑暗里反而有光影晃动,是灯火,琉璃盏内烛花摇红。南洋天气炎热,里面只穿一件单衣薄衫,霞帔罩在肩外,两手拢袖,坐在床沿。阿勇走过来,微笑,递给她一杯酒;银蕊一饮而尽。他们是夫妻了——她是漂洋过海的仙女,落入凡尘,走进这一所楼房,与他双宿双栖。乡下戏台总是演这样的戏,天上神仙下嫁男子,诞下麟儿,然后登仙班归位,像没有任何事情发生一样。

然而银蕊比台上的仙姑多了一段辗转曲折。

枕头底寻出了一面小镜子,凑前细照,黑黝黝,也瞧不见自已的病容。

风悄悄地吹过来,在银蕊的脚边一拂一拂的,仿佛是一个不速之客,窥探着她最后的人生。放下镜子,她想起另一个她,年纪相差一岁,命运却大不相同——容貌身段倒是相像。祖屋门前一棵老桃树,入春,一树的花花朵朵,她们站在树下抬头看,别人家的子弟则倚在竹篱笆外看她们。风吹花落,落在头上,银蕊的脚大,笑着跑开了,而留下来的姊姊,免不了要听一听轻狂男子的山歌,一句来一句往地撩拨挑引。

一阵浑厚的歌声在记忆里唱开去——无非是姊儿呀哥儿呀,将山上树藤或手中针线,比作这样,比作那般,千种暗示。银蕊不是没听过别人的山歌,不过已然在十五岁订了亲,从此便少了三两个少年探门路。

如果一帆风顺地嫁过去还算好,可是当年所系的红绳,如今已系在他人脚上。"命歪"——村里人常挂在嘴边的话,正好做她的命中批语。

银蕊睁开眼,掀开帐子,又要上马桶。整个人昏昏沉沉,脚未着地,踩个空。而天井里养的鸡竟啼叫起来。

她伏在地面上,神志还未完全消失,耳畔传来楼底布履走动的声响,是阿勇起身开档——难为他这些日子既要做生意,又得料理她的病,晚上又要把女儿惜妹送到庆园酒家后巷给做香饼的常鸿嫂看顾。她跟他说实在不用花这五元钱,陈婆婆为人不错，惜妹在那儿也是一样的；阿勇不肯，嫌隔壁人杂，地方龌龊。银蕊生产过后，奶水不足，白天里和阿勇忙着卖面，回家则百般家务缠身，少不了与惜妹疏远了，有时要抱她，这孩子反而呱呱啼哭——"不黏我了。"银蕊嘴角含笑，眉间似有一丝哀愁。前些日子，卧病在床，闷着无聊，就剪了布，裁了花样，做了双小鞋，打算给惜妹穿——今年十月，她便三岁了。银蕊心里盘算，等到病好，自己定要带回惜妹，母女亲近一点；过些时候，在她上次坐船带着的铁皮箱子里，翻出一册册的大字簿子，教惜妹习字。从前有个男人送给她的一本绣花样本，她也想让女儿一个个描画下来，全部绣在白绢上，当作手帕。

厨房的肉香袅袅升上来，那一锅肉快煮烂了。银蕊心里清清楚楚——平时她会蹲到灶头边，加柴放水，切芋头，搓和糯米粉，炒虾米，爆葱头，功夫一一做妥。如今只有阿勇单独一脚踢，手脚难免慢了，开档也迟了。何况"算盘子"制作繁复，不像打面那样轻松。

银蕊张口，但叫不出声音。

那一夜，睡到三点，她再也不能入眠。思前想后，不禁哭了。阿勇回过身，抱住银蕊的胳膊，低声说："你不要傻，病会好的。过些时日，积存些钱，回去替你爷娘做风水，我们可以搬到坡底，宝生号的竞光叔帮我想法子。"她把头枕放在他袖子上，哭着："我怕不会好了，医生说我的肠子快烂掉了——"他抱着她，紧紧地。

泪流作两行，从眼角徐徐而下。银蕊凄楚一笑。

心底叨念着丈夫和女儿的名字。不停地告诉自己，不可以就这样走了。

天井响起公鸡的第二声啼叫。

许多许多的事还没有办——她还要生个儿子。

恍惚间，似乎看见阿勇掀开锅盖，热气一蓬蓬散开。

银蕊才活到二十七岁。

二　天后出巡

一只黄犬蜷躺在洋灰地面,大太阳金炎炎地罩在它身上,一双眼眯起来,忍着热。常鸿嫂啐一口,它只挪一挪身躯,懒得理会。她抱了惜妹出来,然后放在门口的竹凳上,手捧住一碗粥,一口口喂她。惜妹没吃两口,轻声道:"我等一下要梳辫子。"常鸿嫂笑起来:"你倒是爱漂亮。"惜妹眨了眨眼,说:"我看见对面的小梅姊姊也是梳着孖辫子。"常鸿嫂叹了一口气,低首再以勺舀粥,喂惜妹一口;惜妹却不咽下去,含在嘴里,两颊胀得鼓鼓的。常鸿嫂忙道:"吞呀!"惜妹摇摇头,不断央求着:"你要帮我梳,帮我梳——"常鸿嫂哎的一声,气得笑起来:"小鬼!命不好,妈妈早死,偏是这样子嫩皮娇惯!"惜妹坐在凳上,两手拍打着大腿,叫道:"妈妈没有死呢,妈妈整天来陪我玩。"常鸿嫂背部一阵寒意袭来,直透脚底,可也不忘睨她一眼,沉声叱道:"小孩子不可以乱讲话!"

不知打哪里来的乌鸦,呱呱叫,一下子落在门口,一边踱步,一边张望;黄犬伸颈起身,汪汪叫着;那鸦儿也不怕,只管慢悠悠地展翅,飞到楼顶的平台,俯身殷殷注视。常鸿嫂急忙寻了一柄拨柴火的葵扇,仰头作势要打,忽见路上有人影匆匆走过,原来是两个色黑如炭的印度人抬着竹轿,一颠一颠的。轿子上斜坐一个妇人,手持一把黑绸阔面大雨伞,撑开来像是出巡用的罗伞盖,伞沿还缀着流苏水钻,转动手柄,一伞闪烁起森森水光,底下坐着的有如一尊神像,巡视她管辖的领土,视察民情。

阳光煌煌,照不到伞内;背着光,妇人半边脸陷入阴暗里。倒是常鸿嫂眼利,认得清楚,喊了一声,迎上去。妇人叫轿夫停下,却不下去,自顾自地端坐着,冷冷淡淡地问道:"谁呀?"

常鸿嫂转过身去,吩咐道:"叫阿姨。"

午时天,金光金影照得眼睁不开。一股疾风刮来,鸦影掠过。惜妹坐在门口的小凳上,望见高高竹轿上的妇人,反而不作声。常鸿嫂还在催促:"叫呀,那是妈妈的姊姊——"

妇人也不多言,打量了惜妹一番,从衣袖内掏出个荷包,递给常鸿嫂——她接过去,只觉得沉甸甸的,里面不懂装了多少银角钱币。

"拿去买糖吃。"

一挥手,竹轿立即抬起。

那狗儿后知后觉,此刻才开始吠--两声。

惜妹静静地把剩下的粥吃完,接着斩钉截铁地说:"我不要买糖,我要梳辫子。"

常鸿嫂对着这五岁的孩子,顿觉不知所措。

那时节,英国人老早建好铁路。从新街场运锡到坡底,一箱箱装着,再送去码头货仓,等着上船。一天好几回,走到这石桥洞底,总会遇见铁闸拦路,钟声当当,让火车过去。印度人扛着竹轿,也不得不停住脚步。天上的艳阳突而黯淡下来,一大片阴云滚滚卷动,遮去大半天光。

铁路旁正好有推面档者经过。木头车上用红漆写着"家乡面,算盘子"。阿勇头戴笠帽,身穿一袭灰蓝衣衫,衣角破了好几个洞,脚下也没穿鞋,打着赤脚,踩在乱石杂草间。妇人瞟着阿勇,心一动,想起他大概到现在还未再娶,身边没人照顾,以致衣破无人补。银蕊如果活着,一切可能还会好一点——阿勇眉间容色的无奈沧桑也会少一点。

他察觉了,走上去打招呼。

"刚才巷口给那什么嫂带的,是惜妹吧? 脾气很乖孤。"

"她怕生,你别见怪。"

火车驶过了桥洞,便起了大风,呼呼地扑打在人们身上。灰云飘过,雨点纷纷落下,同时太阳却大放光华,照得四下里亮炽炽。印度人急忙扛轿至一棵老树底,让妇人下来避雨。她缓缓提起裙,落了地,这才叫阿勇看仔细那一身装扮:藕色镶云蝠如意大衫,下边是玄黑色绣上浅金梅花点点百褶裙,裙身下倒是红莲纤纤——也从来没听说她姊姊是缠足的,只是略为提及这姊姊小时候曾寄养在一户福建人的家里。上次银蕊过世,她来过一趟,没有大哭大嚎,唯见淡淡哀伤罢了。到底也没有看仔细,注意女人家的脚,似乎是不礼貌的——而且她算是有身份的太太,夫家的梅苑酒家是坡底数一数二的,据说她也出楼面打理。

太阳雨不大,金黄光影下水声淅沥,她撑着伞,在树下跟阿勇有一句没一句地闲聊,口气总是淡淡的。直到他说了这一句:"大姨,我们这种人家怎请得起先生? 惜妹又是女孩子——"

她一笑:"叫什么大姨,叫我金蕊吧。"

眉眼笑颜恍如银蕊——身为姊妹,相貌到底还是有三分相似的。阿勇不敢多望,越看越使自己想念银蕊。

他始终没有叫她的芳名。

三 金蕊吐艳

多年后有人写吉隆坡战前掌故,总不能不提起梅苑酒家。原址在陆佑东兴楼公司那一排的前边,只是传说六十年代间曾一度易手,八十年代时东山再起。创办人钟嘉裕,广东台山人,二十年代闻人,隆市里一条小路曾以其命之,直到独立后才改换成马来历史伟人的名字。但依然有人记得前朝旧称"惹篱嘉裕",不过已忘记他是何许人,还有那么一间"梅苑"。其独子钟贵生大概是"虎父犬子"。后世撰述者大都忽略他——至多是当作梅苑的少东主罢了。然而钟嘉裕的儿媳杨金蕊却颇有名声。

七十年代末,店面柜台硕果仅存的老臣子,说到这位少奶奶,则以"小脚夫人"来代替,他笑呵呵地下了个评语:"是个厉害人物哦!"钟贵生因为个性问题,以致大权旁落——"少东主三天两头请客，鲍鱼、上等鱼翅，一桌桌这样上菜，闹得像流水席，猪朋狗友一坐上去就开宴，不间断上桌。他老爹气得半死。"到底亏了有这个女人，钟嘉裕仿佛也庆幸祖上有德。老伙计夹叙夹议，娓娓道来。

她的厉害处是懂得驾驭底下人。

梅苑最初不过是以凤城粤菜为主流，且大厨常会拿乔作势，坐地起价——恃着锅铲砧板上的本事，动不动斥责学艺小徒，趁机摆起架子，以示位高权重，旁人撼他不得。

杨金蕊亲自拜访一位退休妈姐廖七姐。冈州会馆后巷极荒凉的地段，乃七姐静养之地，有邻舍目睹有盛装妇人入屋求见。隔日梅苑后座东翼便另辟一个炉灶，然后大门贴上红纸一方，写着："驰名顺德菜，七姐主理，预订请早，以免向隅。"印出来的菜名不见得有何突出，不过是家常菜而已，但极讲究处是七姐用料之精，烹调手法之妙，即使煮一锅上汤用的鸡，亦是从菜园里挑出来，而且是专拣老鸡瘦肉，加上云腿，以灯芯细火熬足七八个钟头。起初大厨嗤之以鼻，认为七姐属小技末道，可是看见众口称赞，又满不是滋味，欲投诉给钟老板，又怕颜面拉不下来，只气闷在心。

七姐菜渐受欢迎，大厨忍不住就在助手面前咒骂杨金蕊，好听一点的是"扎脚武则天""缠足西太后"，难以入耳的则是"臭婆娘""死八婆"——不绝于口，尤其在斗牌小赌之际，索性骂个畅快淋漓。别人听见，到底抵不住，便劝他看开一点，大厨反而冷笑道："我倚老卖老讲一句，我在梅苑学砧板的工夫，她还在地上学爬呢！何况当日钟家聘选的新妇根本不是她——"说到关键处，却走进了钟家的一个女佣阿柳，吩咐厨房要一道烧白汁鹌鹑蛋，讲明是少奶奶点的——是大厨拿手的西餐中式煮法。大厨住了嘴，横着脸到灶边去了。

金蕊也不是不知道，只因为他是老臣子，权且装聋作哑，一方面温言笑语对待楼面伙计，一方面极力推崇七姊菜，内外夹攻，那大厨纵使气焰万丈，也消得只剩半尺。如今有一班商会的老板仍然会记起梅苑少东主夫人，穿着葵花色窄身小袄，或幽紫通纱蕾丝娘惹裙，坐在柜台上嘴角含笑，声声唤着头家，报上时新菜肴；有眼福的可以看见她莲步姗姗地充当领班，送他们到楼上的"明月厅""明珠厅"，并嘱咐白衫白裤的伙计移开八仙屏风，打通两厅，加上数盏水晶璎珞吊灯，座上坐着花馆阿姑，衣光鬓影——点的是大厨和七姊的招牌菜。表面看来是平分秋色的局面，其实已算是抽了大厨的后腿。有人戏谑为妇人兵法，所依恃者乃一妈姊兵也。

大厨恨极而生一计，到处游说大小伙计排挤七姊，尤其酒楼厨房佬聚赌，最忌女子，稍有手风不顺，无不怨声四起，矛头直指七姊——虽说她乃云英未嫁之身，可当时男界自有一种轻薄无耻的声口，谣传妈姊自梳女的骚史韵事，比起良家妇女或花丛河下人,别有一番难言的风流;而七姊年龄也不大,不过是四十许,更被渲染得如狼似虎。大厨于是撺掇他人对七姊风言风语,没半点正经。这七姊见惯场面,也得哑忍——有时要碗没碗,要碟没碟,且净是听见吃吃的笑声,浪言谑语,烦不胜烦。偶尔一两次菜肴失了水平,耳闻客人指点批评,七姊心高气傲,毕竟受不了,不禁珠泪暗流起来。

金蕊眉毛也不动一下,开始出手。

先稳住七姊的心:另置一橱,摆放她的私家用具,再聘两名妇人做砧板头手,就像是不受东土管辖的小朝廷。之后金蕊亲自入厨房巡看,里面斩瓜切菜的小兵小将无不噤若寒蝉——金蕊步履缓缓,一走一顿,一双利眼来回扫射,绝非秋水盈盈,实系电光锐箭,稍有马虎,她立即沉声叱骂:"怎么? 想要拆滥污啊? 要打风流工请到别处去! 不要坏了梅苑的名声! 我是最容易商量的,做得好,年尾双粮兼替你们办货过年,做鬼作怪的,劳烦你们收拾包袱走路!"接着扭进七姊炉灶旁,鉴赏这御用厨娘烹调的手艺,喜得七姊心花朵朵开,忙掀开锅盖,叫金蕊试一下焖海参的滋味,又切了一两块烧鸭,让她享用——七姊简直是领了免死金牌,殊荣非等闲。众人看在眼里,再也不敢造次。

形势比人强,大厨只有做策略性退让,以忍字诀自勉自励。

大厨午后返屋小歇,刚入天井,就瞥见阿柳陪同金蕊端坐在荷花缸边,与自家老婆有说有笑,心底一沉,却也硬着头皮趋前装笑,叫一声少奶。金蕊以手绢掩面,柔声道:"多叔,你实在不对,你老太爷要从唐山过来,也不跟我说,我有相熟的水客,坐船坐二等舱,不必搁在新加坡那儿种疫苗洗硫黄澡,直接可以上岸,老人家就少受一点罪了。"大厨唯唯诺诺,心里只恨老婆多嘴。金蕊又笑道:"我今天来,无非是希望多叔能多体谅我,一个妇人家挑担子,样样要劳心劳力……"说得大厨脸赤热滚辣起来,讷讷难言。金蕊叹了一口气:"只要有好的法子能替梅苑带来生意,我都愿意去试,可梅苑总是少不了多叔您,到底老臣子的功劳最大,大家没有不晓得的,您有任何要求,千万别放在心上,我一定帮您办到。"大厨头汗涔涔,作声不得。

金蕊讲到做到,安排水客带他老父来州府,船费食宿全由她一人包办;他女人生孩子,请产婆陪月买满月礼,婴儿衣裳,一样也少不了。大厨领得他人一份恩,拼搏出十份回报,以后一提起金蕊,反转换口气,说:"少奶体恤下人,没得说。"人们不只惊异他的态度有变,更佩服金蕊含笑遏风止雨的能耐。

金蕊以梅苑酒家的名义,寻访外面手艺精巧的师傅,不管他们是横街窄巷的贩夫,还是蹲坐在花馆青楼一隅开档的卖食汉子——只要稍有名气,皆不忘以重金相待。故此上门的食客可以尝到三间庄水罗松的卤水鸭,万津满姑娘娘庙一侧的花五嫂的叫花鸡,甚至客家人的小吃也网罗了——金蕊妹夫何阿勇做的"算盘子"。梅苑酒家几乎有了五湖四海的名馔佳肴,已不限于凤城粤菜。人们当着钟嘉裕的面称赞金蕊,他乐得呵呵大笑——也亏得他没有什么顾忌,观念新,不理会做生意的旧传统;妇人闺门不迈,只躲在兰房里绣花,他认为这是过时的思想——尤其来到南洋州府,更不在乎男主外女主内;他最欣赏交际场上落落大方的女性,不止一次表示对英国妇女的赞美。但对于媳妇的三寸金莲,又觉得是东方女性独特之娇娆所在,连带他丧偶后所讨的妾亦是小脚的。

一嫁入钟家,金蕊就替家翁管账簿。贵生反而连打个算盘记账,也成问题,一天到晚只顾着去商会俱乐部报到。旁人给了他一个冷落娇妻之名。

好几次,阿勇在午后到梅苑去,恰好有空便与金蕊说几句。

底下人少不了啧啧议论,说妹夫和妻姨有什么可谈的,要在楼上屏风后的雅座花去一个炎热的下午。

阿勇偶尔也带惜妹去。

她静默无声地坐在一旁,看着父亲和阿姨说些唐山乡下的往事、酒楼流传的趣闻、州府的时局形势或者庙里所求的一支签文,在无话可说时也拿出来反复研究。而女童那双清丽亮澄黑白分明的眼睛里,有冷冷的神气——她并不喜欢金蕊。

他是有点自己骗自己。在下午昏昧的楼上,没有点灯,金蕊的脸庞五官半隐半现;他对着她,空气中只剩下断续未了的语言,一句半句,接过来,没有说完,又勾起另一个话题——在闲话家常之外,自有一种异样的感觉,好像他的妻银蕊悄悄来到身边了。她们有些地方相似,譬如语气尾音,常用的字眼,甚至是嗓音笑语——如果没有阳光,黑漆漆的世界里,他一定以为是银蕊回来了,忍不住便想上前相认。他带女儿来看她了。

而银蕊生前却不大提自己的姊姊。

四　逐香尘

钟贵生起得很晚。

枕畔已无人，床铺上只留下窗棂投下来的日影。

昨晚在月宫香馆吃酒，闹到一两点。夜猫子睡醒，看见满室金亮，煌煌刺目，顿觉得这大白天实在叫人厌恶。口干舌燥，要杯茶解渴，又没有下人在跟前侍候，他重重地叹了一口气。

云石小几上供放着一樽大花瓶，插放了好几枝玉簪花，花香盈盈；一只白猫跳上去，凑前去嗅。

贵生撮口赶它走，猫儿反而跳到床头，一踏，踏到那厚重的相架，框架歪了少许。贵生仔细看，原来是从前蓬莱相馆拍的结婚照片——特地请摄影师上门拍摄，选了光线充足的庭院，观礼的包括了同宗的亲戚，老成持重的都坐在高椅上含笑看着；女眷孩童则围在一起等着新娘子出来。贵生一身长袍马褂，簪着红花,不习惯地咧嘴龇牙,手拿着折扇,扇走热气——照片里的他一脸不自然,仿佛那摄影机是什么怪物,窥视着这场婚礼。金蕊像壁上祖先的人像图画一般,拘谨地拢袖端坐,头上戴着凤冠,珠络流苏一串串挽到鬓边,露出一张杏子脸,柳眉纤细,眼睛如点漆生光,唇如滴血润红,坐着动也不动。隔着玻璃镜框,她那美艳华丽的容貌隐然有一丝狰狞,尤其是黑白照片涂了颜色,就如年代久远的画中仕女,已经是死了多年的鬼,藏身于此。

金蕊在现实的俗世里,颤巍巍地踩着一双金莲,站在梅苑的柜面,当起了强悍的女人。龙在下,凤在上,从来就不是稀奇事,但临到自己的头上,便似有百般滋味难以说出。起初大家还笑他夫纲不振,没有家主威严,连贵生也跟着自嘲打哈哈,直到后来发现金蕊真有实权,且操生杀之刀,含笑扭转乾坤,低眉机关算计,他们只好硬生生把"王熙凤"三个字吞回肚内,不敢说出口。事态严重,贵生连说话的余地都没有了——他父亲简直把金蕊当作镇家之宝;儿子不争气了这么多年,如今竟来了个能干伶俐的媳妇,比三个贵生还出色。过去为了表示家教严苛,动辄斥骂,只是越骂越不成材,倒使他始料不及。"让老婆去管他,我不理了。"说久了变成口头禅。贵生通常是脸无表情——他永远是小孩子,由这个管了,再由另一个管,跑不出任何人的掌心。

白猫从床头跳下,踏到相框架子,砰一声,玻璃镜磕磕作响。贵生起身,迎面一片镜光流溢,极亮,不像日头反照,又非灯影辉煌，倒似梦里的云光水色，迤逦在眼前。他喊了一声，银蕊，她已站在前面。

身上是家常衣裳，脑后梳的不是盘花髻，而是一股长辫子——她仍然是当年在乡下姆娘家里的模样。银蕊笑道："懒虫，还不起来？"一双眼睛微带埋怨地斜睨着。贵生只顾着问："你去了哪里？"银蕊一扭身，辫子甩了甩："你理我！反正现在我们都不算了，你也不是我的谁。"贵生急忙抓住她的臂弯："不是的，我跟从前一样记挂着你。"银蕊不作声，轻轻地把他的手扳开，摇摇头，凄然一笑，走进镜光里。

他走上去。银蕊不在了。忽然想起，她早已永远离开了。眼里一阵热，泪就这样流下来。

那一年，他回唐山订亲，第一次在村口遇见银蕊。靠近老榕树边，有一口井，井旁有好几个妇人在打水，而银蕊正撩起裙子，倒水洗脚，见有人来了，免不了多望一两眼，其中一个便取笑："妹仔想婆家。"银蕊红着脸，咬牙低骂。贵生一身光鲜的黑绸袍子，头戴一顶巴拿马草帽，手提文明礼杖，笑吟吟地坐在姆母一侧，银蕊才晓得他是何人。南中国夏夜，灯下蚊虫甚多，她罩着素白单衣，执一把葵扇子，在身畔扑打个不休，然后听着贵生说的笑话："在汕头下船，拉车的阿伯一直问我是不是金山客，我说从南洋州府来，他反问南洋冬天冷不冷……"他自己不禁笑了。姊母却诧异地问："南洋冬天晒死人哦?"银蕊一听,仰头大笑——贵生以后再也不会忘记有这么一个素衣姊儿,笑得放肆,竟如风翻桃花。那一刻,夏夜难得吹来一阵凉风,把一幅蓝色绣绿蝙蝠的门帘掀开,一个小脚女子坐在小凳上,原来是金蕊躲在帘下,听得入神,她发现有人望过来,却止于俯首赧然,不作一语。贵生老早听说杨家爷娘过世,这大姊曾被厦门富户收为养女,后来家败无处容身,又重回家乡——乍看姊妹俩的眉眼神情异常相似,如今贵生大概是不会作如此评语的。她们根本是两个人。

金蕊一步一颤的莲步,却有掌握贵生行踪的本事。刚嫁进钟家,偷偷唤他的跟班进来,一一细查;又送礼给年老的仆妇管家,探问家翁的性情爱好。夜里与贵生谈论梅苑酒楼的生意经营,贵生瞠目结舌,一脸的不可思议,心想她是疯了。出奇的是,金蕊静悄无声地步入父亲的账房,一顿饭时间,梅苑已正式落入她的手中,事无大小,皆需这女流之辈批准。贵生听见父亲每每与外人提及"她比我那儿子有用多了,有魄力,有见识,懂尊卑,晓得好歹——她说呀现在树榕好价钱,不妨买一座树榕山。哈哈哈,我又不是陆佑这些大老板,很难的……"得意之色,掩也掩不住。

贵生见过她亲自端捧燕窝盅的恭敬模样,同时领略过她对下人的犀利苛刻。刚买回来的丫头使婢,都得在后房脱光衣裳,等金蕊的检验。有一次，贵生欲跟去看一看，金蕊立即回眸一笑："没什么的，你站在走廊那一边好了，请妹仔是很麻烦的事，你还是少理算了。"由阿柳搀扶，她缓缓进去了，隐隐有佩环声。贵生立在一处，想了想，忍不住蹑手蹑脚地行至窗下潜听——这是什么疤？水痘天花？不会是花柳吧？进来做工，给我放规矩点！不要整天顾着打扮，乔模乔样的，眼汪汪地望着男人，传到我耳边，绝不饶过你——贵生忽然心寒唇颤起来，仿佛从来没有认识过她。

金蕊每次打丫头，一定挨到家翁钟嘉裕睡去，夜至三更才动手。时间到了，阿柳便提着灯儿，手拿着极粗的藤条，四五条捆在一起。轻轻叫着："少奶——"金蕊从贵生枕畔应了一声，披了一件寒衣，一步一扭地走到楼底去。

蚊帐内黑漆漆的，也不知昏睡到何时，一翻身，已碰及她柔软的身子。贵生眼皮微张，金蕊的脸孔却温热地贴上来，低声轻唤："醒了吗？嗯？"他吁了一口气，手臂环抱，把她整个揽在怀里——在无光无影的眠床上，他不过把她当作一个来历不明的女人。尤其梦魂迷乱的时候，她可以是任何人，或者午夜艳鬼。抚摸着滑腻的肌肤，嗅着发香体香，黑暗的花，一下子开放了——贵生闭上眼，一个个叫他心神荡漾的女子轮流浮上来。或近或远，肉身晃动着，目光送媚，嘴角含春，他贪婪地迎上去，肥胖滚圆的云朵冉冉散开，天地竟是如此之大，任由他来回驰骋，没有尽头——快乐也只是在梦魂里胶稠延展、难辨形体。等到睁开眼，贵生才省觉他的天地，仅止于一张床，一个有着妻子名分的女体。

开始到商会俱乐部玩，他总是很聪明地夜夜准时回去，再晚也没超过十一点钟——至少没一个把柄落在她手里。反正早上睡久一点没关系，梅苑七点开门，八点一到，抬竹轿的印度人便在门口等候金蕊。她一出去，仿佛一盏无形的巨大玻璃罩暂时抽走了，登时轻松不已。

月宫香馆来了个花寨阿姑，还记得是火冶街金祺祥请的客——她一进去，连声说抱歉，微微一甩头，倒把脑后的一根大辫子拨过来，搁在胸前，纤纤玉指有一下没一下地抚弄着。贵生怔了好一会儿，那阿姑察觉，落落大方地问道："这位少爷对我的衣裳有意见吗？"他窘笑着："不敢不敢。"众人笑道："他是对你这个人有意思！"那阿姑咯咯笑了："那容易，我是留芳阁的翠好，请多指教。"后来俱乐部好几次雀局酒会，贵生飞去花笺，写上她的芳名，翠好无不应笺而至。她风姿绰约，弹唱饮酒划拳，无一不精，语言应对极为熨帖风趣，适当时偷送秋波，可说是花国第一风流人儿。

贵生恋恋难弃的是她的长辫子，乌光油亮的麻花发辫一直垂到腰间。喝到酒酣耳热，这翠好愈是要卖弄其酒量，辫子滴溜溜地往后一拨，笑盈盈，接过一杯，一饮而尽。她那根辫子有时捆上五彩丝绳，有时缀以串串玉簪，或别以翠晶蓝瓷凤凰发夹，或用净色珠子镶嵌在那一根发辫上，像神话里的蛇女逶迤而出，精魂化成娇媚辫子，富有生命似的，曳动生姿，老是在贵生的眼前晃荡不休。于是他常上门报到，场面上的朋友都笑这里是他的别墅公馆，小心冷落了老字号梅苑的女主人。

有一回翠好不知是心血来潮还是欲仿效时尚，坐在镜子前，一口气把辫子拆散了，叫梳头仆妇入房，替她梳了个垂云堕髻，斜斜地倚在一侧，再挑一朵新鲜的红玫瑰，仔细插上。翠好对镜照看，眸光流转，看那红花艳丽，映着玉面朱颜，好生得意，像重新塑造了一个俏生生的自己。

贵生见了，不说什么。

翠好偏问："不好看吗?"

贵生过了好一阵子才说："好看。"

翠好以手托了托发髻，顺手把一柄黄杨木梳子扔过去，也没打中，然后扬声道："听你的口气，分明就不喜欢!"贵生微微笑问："从前的辫子不是很好吗?"她冷哼一声，转过身，将镜台上的出局花笺一一翻阅，逐张数着，嘴里却笑着："我就晓得你这人，根本没有在乎人，只看中这条辫子。"贵生一下子沉默了，没有接口，过了很久，他才讪讪笑道："也没有道理，怎么会是只喜欢辫子，不喜欢人? 只不过梳辫子比较好看罢了。"翠好把花笺搁在镜台上，咯咯笑起来，好像发现了什么，一笑不可收，就像一只清丽的银铃却怀有恶意似的,响个不停。贵生斜躺在贵妃榻上,沉着脸。

由始至终,似有一抹暗银色的花影,发出飘逝已远的香气。

贵生在留芳阁待到酒会散去,以后便再没有上门找过翠好。

据说翠好懊悔异常,吩咐寮口嫂递送书信,又托贵生好友转告,却从此不见他的踪影,即使在场面上相遇亦视同陌路,连打招呼也欠奉。人们批评贵生小气,贵生也不理,随他们说去。

五　朦胧月

一入夜,陈婆婆手边功夫做好,换了一身素净衣裳,叫媳妇陪她到后巷大树下看何阿勇请来的斋姑做法事——银蕊过世已久,他倒不忘超度做忌,只要手头稍有松动,逢忌日都得搭棚子祭祀。

陈婆婆听说这一班从地母庙来的斋姑,唱作俱佳,一个个妇人的心肠全让她们唱得软化,纷纷落泪,嘴里叹道:"好凄凉。"陈婆婆坐在棚子底的板凳上,灵桌两团火晃晃摇红,照见斋姑一身法衣蓝得异样。

共有五名斋姑,或坐或立,手拿法器,有的敲木鱼,有的以杖击磬,嘴里高低急徐地唱起来。她们身后挂着一面灵幡,绘着地藏王菩萨,四边围着孤魂野鬼。陈婆婆看见阿勇蹲在棚子前烧纸,火光升得老高,一朵碧绿莲花绽开,然后一个跳动,一星一星蓝色光点荧荧飞起来,阿勇脸上平静,看不出什么。只是陈婆婆记得银蕊刚过去时,他一个大男人哭得泪涕双流,一声声叫她回来,有时哭得声嘶力竭,坐下来便谈起妻子的生前种种:"我叫她心宽,病就会好了。可她半夜常睡醒,坐在床头哭,说自己不会好了,那时候她又常觉得口干,要吃梨子,吃了又泄,如今想起,梨子其实也不是什么好兆头。"陈婆婆眼皮微微跳动,忽而其中一个斋姑幽幽地唱道:"生前恩爱莫再记,阴魂过桥急向前,梵经诵唱西天净土,再拜如来了三生,生前怨恨莫再想,阴魂乘风忙向前,梵经诵唱香庆赞,三拜如来证前生。"陈婆婆想起自己六十多岁的人了,悠悠走过半生,银蕊正值芳华,春光艳炽,反而人逝魂渺,她身边亲人却忘不了。她默默以枯瘦的手指,抹去眼角的泪。

常鸿嫂走上前去,说这班斋姑不错,唱词好凄凉,鼻子一阵酸楚。她们熟烂顺溜地慨叹人生短暂,有感伤,也有看惯春秋哀荣的世故,看了多少人这样过去,不得不认命。

蓝衣斋姑合唱的尾音颤悠悠的,仿佛在空气中升起一大片网,夜风吹来音色飘散。是隔世的歌声,也像另一个世界的声音附体上身,来到阳间哀婉泣诉。尘世人们怔怔的,天井月光乍明乍暗,有时是烧卷微焦的烟黄色玉扣纸,化作圆圆的往生钱,而乌云姗姗而来,那一点月意也就荡然无存,他们只看见灵案上飞闪舞晃的烛火,在梵唱的包围下,四周渐渐暗下来。

上次大殓,她来过。

同样站在他们身后,听见仵作佬钉棺木,一声声响起,整个人恍惚迷离起来。

银蕊照旧穿着当年下船的衣裳,一件豆绿色熟罗大衫,黑色暗花长裤。她缓缓转过身,一手将辫子拆散,满头蓬蓬长发披下来。

那次头七回家,有点像收档买了菜一样。只要系上围裙,就忍不住进厨房去做饭。银蕊跨过门槛,步入神厅,菜桌上摆了四色斋菜,另外有两碟她爱吃的青蒜炒豆干、糖姜拌皮蛋,她的心忽然安定下来。到家了,再大的事也得坐着,歇一歇。或许走得太久了,一路上阴风飞沙扑打人面,一直以袖子遮掩,双目难以睁开,只凭过往记忆确认。巷口有一间杂货店,店门吊挂着一顶琉璃红灯,远远看着有如茫茫大海里闪过一抹熟悉的红影,她走上前,心里无限欢喜,知道拐过后门那一道水沟,穿过两边绿荧荧的芭蕉树,走出铁路边的印度椰花酒寮,就是自己的家。

风尘满身,露浸鞋底。

银蕊斟了一小杯酒,闻着这廉价酒的香气,一缕芳醇吸入鼻子里。微醺浅醉,她眼里的一切,竟深深浅浅地泼上了玫瑰红;两团烛光艳艳,原本灰扑扑的厅堂仿佛一下子华丽起来。桌上搁着平日穿戴的珠花象牙梳子,她以手指抚摸,那温润平顺的感觉,是何等亲切,似乎自己才离开不久,如今回来,过去的琐屑细节都跟着回来了。

阿勇也细心,折叠好她常穿的衫裤,放在凳上。

顺手捡起一件稻草黄底色点上猩红梅花的单衣,细端详,色泽已旧;抖动片刻,樟脑的气味淡淡传来。银蕊垂目带笑,是往昔的味道——她还记得买这块布时,剩下的用来缝了一件小背心,让惜妹穿上。母女双双洗好澡,撒上痱子粉,两张面孔雪白,互相依偎。阿勇坐在一边洗脚,热水在铜盆里晃荡不已,白烟蒸发,他静静地看着她们。银蕊抱着女儿,低声咬耳朵:“不要让爸爸看哦,我们今天穿得漂漂亮亮,不要让爸爸看。”阿勇也不应,只弯下腰,微笑着一下一下地搓着脚。她喜欢这种家常琐碎,曾经以为有一天,他会陪着她们到老到死。而惜妹渐长,也许会招来一个弟弟,一个男丁,继承何家香灯。银蕊心想自己到底还是青春年少啊,辛苦一点无所谓。

银蕊一笑,眼泪无声而落。

掀开门帘,门洞里黑麻麻一片,唯听见丈夫的鼾声起伏不已,床顶帐子也不放下,那张被单照旧被踢到脚边,他睡相总是不好。银蕊拾起被单,盖在他身上。忽然一下子心头辛酸不止,她捂住嘴,哭了起来。

不能这样子走。银蕊回过身去,坐倒在冷地板上。她再也不能和他长相厮守,也不能看见他发迹富贵,不能目睹女儿长大成人,那稚气可爱的面孔,抱在怀里的奶香味,皆与她别了。未来的一切，还没有开始，就拦腰截断，像坐一艘快船，夜里飞行，岸上的风景被抛在后头。

满面泪痕，也没忘记走入厨房。

先点一盏灯，照见地面处处水迹，便用椰丝骨帚子扫干净，然后往屋后井里打一桶清水，蹲下身，把阿勇开档的家什一一洗了。查看柴薪，已存无多，跟着从碗橱后寻出一柄小斧，把堆在灶边的柴，一根根剖开。灶头另一侧躺着一只玳瑁猫儿，半睁开眼，瞟见是女主人，也就没事一样继续枕在靠壁酣睡。

飞蛾营营飞绕，围住灯火舞翅欢跃。

诸事停当，银蕊趁着天未亮，就生起火，煮了半锅开水，下一碗面，像过去一样，她极为节省地只放半棵菜心，三两尾鱼仔干，把面煮得烂烂软软的——常惹起阿勇的批评："这碗面会好吃？没料没味道！"银蕊笑道："你少管我，味淡方能长，我在唐山时就这样吃。不像我姊姊，她在厦门，见过世面，吃过山珍海味，每次回来总是不屑吃我们煮的，只一直从食盒里端出小碟的精致菜肴。"提起金蕊，仅仅止于饮食，其余的一字不说。

嫁了那钟贵生并不见得有多好。

然而这一生中，如果说是有过像山歌唱的郎情妾意，大概是他回来订亲的时候。

一阵风刮过，耳边尽是絮絮听不清楚的低语笑声。他当初所说的，也都记不分明了，纷纷化作断裂的蝶翅，散在空中。

金蕊风光出阁的第二年，适逢大旱，银蕊的一身水痘斑痂刚好。之前她浑身黑点痘疤，状甚骇人，且那一年她已二十一岁，出痘乃属凶险，求神喝符水，戒口，以草药抹身，都不能让其苦减除一二；之后痘疤遍布，历经半年，仍未淡化收口。钟家托亲戚催婚，探看之下，大惊失色，急忙送信到南洋，书信上极其婉转，但后来传口讯的水客却连连语带告诫，婚期间女方出痘，一发难以痊愈，于男家不是什么好兆头，何况银蕊的容貌已损，对贵生来说又是一个心头疙瘩。

悔婚消息辗转传来，银蕊又哭又笑，几乎失常，只是后来她恨的反而是姊姊。

金蕊隔着门帘，莺声呖呖地说："你们回复钟家，我就代妹妹出嫁。"玉手半掀开帘子，露出莲瓣一双，水客一瞥大喜——虽说钟嘉裕是新派人，不计较什么，可是上边的伯公叔公一大堆，人多口杂，都认定大户人家娶新妇，金莲纤纤才是闺秀良家子，堪足匹配。这一切不过是"据说"，也有人推测金蕊断不会如此明目张胆，到底有损身份；有的刻薄之人反而说金蕊若要夺妹之爱，恐怕会做得更不露痕迹，绝无留下话柄之理；更有人赞叹金蕊代妹出嫁，乃以大局为重之举，悔婚事小，名誉事大，她完全为了杨家女儿的声誉着想——不能让这批南洋州府人看扁我们唐山女子。

众说纷纭，可是也止于乡里人家，一过了海，一切便归于平静,再也没有人议论金蕊银蕊姊妹花的纠葛——尤其银蕊神奇地痊愈,恢复了花容月貌,后来还上了船,悄悄南渡州府。金银姊妹的事迹从此湮没。

银蕊生前不提,过了世照旧不会再提。她始终静默不语,仿佛那往事烟尘飞入光里,点点沉底,不必寻觅。

猫儿惊醒,弓起身,步履婀娜靠在银蕊的脚边。她抱起猫儿,想起惜妹,她大概留在常鸿嫂子那儿过夜。这回请斋姑做法事,大人都害怕小孩撞见阴人——孩童眼睛净洁,容易看见。

他们没有想过她是惜妹亲生的娘,隔了阴阳两界,就不能相见?从前听故事,有一则是说一个女鬼死了多年,也不愿丈夫再娶,或担心子女受后娘折磨,之后甚至现形作祟,一到夜里那村里的人都听见女人哭声,啼至五更。

银蕊轻轻放下猫儿,转身穿过墙壁,趁第一声鸡啼还没有叫醒阿勇之前,她先要离去。

灯火熄灭,飞蛾一只只飞走了。

猫儿低低唤了一声,银蕊含笑,在壁上和它招手。

她会再来。

六　花影露天香

　　在老一辈生意人的眼中，钟嘉裕吃得开，无非是红毛人的缘故。十多岁就在码头上混，学得一口半咸淡的红毛话。为人喜开创，愈冒险愈有兴趣，梅苑酒家不过是生意之一。那老伙计亲口透露一段秘闻：说他之所以开梅苑，完全是因为一个女人。

　　据传他看上品月轩的二小姐，是在中秋节的前几天。钟嘉裕当年才十九岁，只身南来已五年，身上穿着一件湖色汗衫，赤着脚站在品月轩门口，嗅着飘浮着的甜腻饼香来解馋，柜面一个紫衣女郎，睨了他一眼，冷笑："要买饼赶快买，不要在这里阻门阻巷的！"钟嘉裕也不气，反而赖着不走，涎着脸追问女郎的芳名；女郎粉面红胀，不知是嗔是羞。老伙计还夸口曾看过钟嘉裕的旧照片，绝对称得上美少年，公子贵生的酒窝和他的并无两样。

说来也是那二小姐的前生宿缘。她在嘴头上句句刻薄，丝毫不让，一方面又以俏目偷窥；钟嘉裕笑盈盈的，只管问店里哪一块饼是她亲手做的，定要找来入口尝尝云云。二小姐银牙一咬，顺手包了个月饼，扔在柜台上，骂道："我当是谁，原来是个乞丐，给我拿了过路走人！"他启齿一笑："多谢施舍，以后我开了自己的酒楼，请你大姑娘做掌柜老板娘。"一语成谶，梅苑账房坐镇的第一女人，便是品月轩的二小姐——钟嘉裕在二十三岁那年娶了她。至于后半段他金屋藏娇，养小星，气死老婆，已是破坏佳话，老伙计不愿意多讲了。

金蕊听旁人提及，那出身品月轩的家姑的作风有点像她——大概是指手段厉害，只是说的人语气婉曲含蓄而已。金蕊叫老用人找出她的生前玉照一睹究竟，打开泛散檀香味的相本，细心翻开轻如蝉翼的纱纸，是一个躲在椭圆蛋形镜里的妇人，疏眉细眼，满脸病容，头戴着镶珠眉勒，完全是戏里老旦的装扮，没有一点光艳的模样。

金蕊一笑，对着丫鬟阿柳说道："还以为是大美人，不过如此，说我们两个相像，不知从何说起。"又与贵生当笑话提了一遍，贵生却淡淡道："那是我母亲四十多岁时拍的照片，她年轻时确实是大美人。"金蕊一时无话可说。过了一段时日，愈想愈气，也不便发作——和死去的人争风头，简直可笑。金蕊脸上不动声色，趁了个下午，坐了一顶竹轿，到坡底的云仙影馆去。

也幸亏影馆的老板见惯一些大户女眷的排场，没有被金蕊吓坏——一行六个仆妇，有的负责提裙揽手，有的带了镜奁箱柜，准备梳头修甲，有的端着铜盆毛巾侍候，另几个或立或蹲，绞脸拍打水粉，以镊子拔细柳眉，甚至研好胭脂口红，替金蕊点在樱唇上。过后她瞄了那绿野小桥流水的画片背景，只说："不好。"老板立即叫伙计七手八脚换上新的画片。阿柳看在眼里，笑不可仰，金蕊白了她一眼，不作声。直到换了一幅雕金玉栏遍地锦绣富贵牡丹盛开的屏风，金蕊才满意；侧边的画片，画了一个窗洞，里面一轮金黄饱满的圆月，有如诸事皆吉祥人月团圆的气象，她看了，颔首说好。

金蕊叫阿柳递了一面纨扇过来。她坐在紫檀木太师椅上，纤指执扇，凝眸嫣然，只是笑不露齿，一副名门淑妇的风范。

云仙影馆的老板善于修涂照片，手艺杰出，那洗出来的黑白照片，让他施朱敷白，调颜弄色，看了样本，金蕊打从心里赞叹。那所谓背景画片分明已陈旧褪色，但相片上仿佛焕然全新，俨然是官家富户的内府厅院，壁上涂了一大片橙黄金红，她坐在当中，整个人恍如古画里的美女，又像传说中的仙姑，她简直不认识自己了。

金蕊毕竟眼利，没瞄几眼就发现了瑕疵，埋怨那裙下金莲原本是辣椒红，怎么变成了水红色？又怪那柳叶眉被画成八字眉——云仙影馆的老板三进三出，改了好几回，才赚到这钟家少奶奶的钱：她一口气洗了三打。

她又将照片放大，挂在卧房镜台上端；另一沓小张的则装在嵌螺钿福漆拜盒里，视之如珍宝。

偏是那阿柳多事，擅自拿去给底下人看。一次大意，遗留在大厅，正好搁在茶几上。钟嘉裕请了好几个红毛人在那儿用下午茶，其中一人竟发现了那帧如花艳影，兴味十足地欣赏起来，然后依次传阅。钟嘉裕也不好意思拦阻，唯有微笑不语。将近离开时，他们突然瞧见账房的帘子被一只白皙的手掀开，步出了一位东方佳丽；她看见金毛绿眼的异族，却也不惊慌失措，反而浅浅一笑，点头行礼，之后一手扶着婢女的肩，翩然而去。惊鸿一瞥，红毛人镇静片刻，方省悟帘下人就是影中艳。他们忙不迭地问钟嘉裕可否引见这位女士，钟氏回敬一句："这得要问一问犬子，她是他的蜜糖儿呢。"红毛鬼急急道歉，说密斯特钟好福气。他们皆称走遍中南半岛，见识过南海一带的蕉风椰雨，虽然不乏热情的土著黑牡丹，而中国女子不是面色蜡黄便是瘦骨嶙峋，在矿湖洗琉琅的妇人尤其如此；至于青楼娼妓多半是商贾流连之所，不接外国客；码头咸水妹净是姿色平庸，令人倒胃。难得一见真正高贵端庄的绝色佳妇——他们瞪大了淡绿色的眼珠子，啧啧称赞。躲在一旁的丫鬟仆妇无不掩嘴偷笑。

传到金蕊的耳中，心里难免喜滋滋的，脸上只淡然无事一般，不便透露出来。暗地里思量，梅苑酒家不过是公公的小生意,与红毛鬼合作才算货真价实的大买卖,她只恨贵生没有本事,不能讨得公公的欢心,学不到亲生父亲的见识胆识。一方面金蕊旁敲侧击地打听,约莫晓得这批东印度公司船上的大副二副,偷偷替钟嘉裕运入印度群岛的鱼翅燕窝干货海味之类,即使红毛人索价略高,但一比较,还是值得,稍一转手给唐山或金山花旗,又可再赚一笔钱,且梅苑厨房一直有廉价的上品用料;另一方面,金蕊就难以判定是真是假:说是罗爷街一排烟馆的货,几乎都是从红毛人那儿来的,钟嘉裕接头,抽取可观利润,等于变相地贩卖鸦片。

可是这话不能随便讲,钟氏有头有脸,在殖民地的华人商会里,他是常务理事,每年颁发贫寒奖学金或照顾孤苦老人,他总是出席到会,慷慨激昂地发表演说,背后自有捉刀的师爷,引经据典,子曰诗云一番,加上他一口台山腔官话,许多年后,仍旧有人印象深刻。

钟嘉裕在前街置有一楼一底的房子,讨了个姨太太——当年亦是风尘中人。金蕊亲自上门拜会过几次,只觉得这姨太太耳聪目明,生就一副七窍玲珑心,不过是留金蕊吃了一次饭,下回煮的菜肴全是金蕊爱吃的。金蕊一有空,便经常过去跟她学说红毛话——午后刚喝了莲子百合汤,就双双走入偏厅,从五斗橱里找出一册看图识字的本子,一页页翻开,边看边读。金蕊念一句学一句,目光巡过纸上的新奇画面:汽轮船、女士阳伞、燕尾服、自鸣钟、火车、眼镜、洋烟。有时发音极其别扭,念得不能连贯,金蕊笑着调整唇舌,再难也得学上口。姨太太乐得有女弟子相伴,打发深闺光阴,越发用心栽培。

于是金蕊见识了大喇叭留声机。一片片黑漆漆奇重无比的七十八转唱盘,从洋鬼子的约翰·施特劳斯圆舞曲到唐山内地出品的京戏选段,姨太太一一指点说明,举出其中的妙处,金蕊则在一旁欣然受教。

偶尔兴之所至,她便携同金蕊翩然地出现在吉隆坡的西餐厅里——中午南洋日光炽热金黄,厅里的红毛人眼睁睁地看着玻璃门缓缓推开,闹起一阵香风细细,款款走进两位端丽的中国妇人,眉目如画,裙移莲动,是热带火轮下展开的一幅婉妙娇媚的春花盛开图。那内壁挂着璎珞水晶吊灯,大白天也点亮,而丽影双双一如轻燕鸾凤般飘进来了。姨太太游氏穿一件天云色蓝凤仙袄,着葱白拖地百褶裙,一手举起葵花色檀香扇遮住半边脸,一手挽着金蕊,金蕊禁不住要去瞟迎面的大镜子,见自己一袭粉藕色琵琶襟紧身衫子,底下是火红绣镶着凤凰牡丹的长裙,她的一把黑色洒金折扇欲开未开,反而扇子垂下来的翠绿流苏鲜亮得映衬出腕间的一段莹白——他们洋鬼子以为只有瓷器才有的白,竟然在东方女子身上找着了,而且莹白柔腻,自有一种皎洁鲜丽。

她们选择靠里的一张桌子,饭前点了锡兰红茶,之后又叫了酒,有人塞钱给欧仆打听这两位丽人的来头,是风尘打滚的歌莺舞燕,还是大户人家的绝色姬妾,一对对眼睛绿光闪动,渴望知道这宛若并蒂山茶花的背后历史。

金蕊其实很享受这类似皇后微服出巡的奇妙感觉。

一道道菜煮上来,姨太太教金蕊运刀动叉,切割肉块,她们轻轻咀嚼,低笑交谈,不时以餐巾抹净嘴角——是演戏,模拟着他人的奇风异俗,到底也有一种乐趣。金蕊特别喜欢他们的"太爷鸡",皮软肉滑,浇汁香浓四溢,过后好几次嘴馋,又不敢整天约游氏,只好吩咐梅苑厨房的多叔七姊烧煮,吃着虽不算差,但老感觉缺少点什么。

后来若有所憾地与姨太太说起,对方立即轻笑一句:"同一道菜在不同的地方吃,根本两回事。"等到金蕊历尽沧桑变幻,赋闲在家颐养天年时,一谈起饮食事业,不乏类似的见解:"怎能比呢? 我们唐人菜非得好吃不算,好吃就有口碑,不像红毛人,他们讲究吃气氛吃情调,手握住红酒,坐在风扇下看风景也能看个老半天。过去还有喝了洋墨水的假红毛人,喜欢到卡哥撒或玛哲迪斯酒店去;反而是正宗的红毛鬼,还有兴趣来唐人街走走,当然可别介绍什么酿冬菇焖海参猪脚酸之类,红毛鬼消受不起,吓坏他们的胆子也说不定……"梅苑的老伙计学着金蕊倚老卖老的口吻,重复着她的理论,想必在骨子里,已然彻底地为这悍辣多谋的小脚慈禧折服倾倒了。

在梅苑酒家的历史里,创办人的影子逐渐淡化,而杨金蕊的影响力却一如黄昏时慢慢笼罩上来的巨大山影。若有人翻查酒楼饮食公会多年来的纪念刊,总印着她的芳名——从筹办新年春茗联欢到后来的慈善千人宴,她永远占着一个位置。

用一面放大镜去搜寻,一字排开密密麻麻的人头像里,依稀可以辨认得出一个梳髻的妇人,拢袖正坐,眼睛一直望着前方,绝不左顾右盼。裙底的金莲稳踩着时代的风火轮,滑过一个十年,两个十年,繁华与磨难,辉煌与挫伤,即使交替遭逢,她的眉梢也不扬高半点,一直沉住气迎接这一切。

老一辈南来发迹上了岸的过番客,回忆起梅苑钟大少奶奶,不管是发泄式的谩骂,还是客观的褒贬分析,终归她是受争议的人物——数落之后,还是少不了佩服,而忌惮她的能耐之余,也不得不批评其手段的可耻。

她笑盈盈地在人们的枪矛与盾牌之间悠然穿梭而过,百毒不侵。

直到一次钟嘉裕贪嘴,吃多了肥腻难消化之食,佐以生冷水果,因而腹泻不止,隔日又得与红毛人见面谈判,主要是他们欲坐地起价。钟嘉裕这次偏又生病,姨太太马上游说,推荐金蕊临时上场,他别无他法,便顺遂依从,只希望金蕊做个传话人,暂时缓一缓时日,就等于圆满了事。但金蕊偏一心好强,抱着出奇制胜的想法,暗地里却另有主张,何况她刚学了一口半咸淡红毛话，挂帅上阵即使不像穆桂英樊梨花那样凯旋，至少也不能当个递送降表的使臣，平白让红毛绿眼占了便宜。

这一场战役，在当时沸腾颇久，全靠底下人偷传出去，语气压低，表情分明是兴奋莫名，一经泄露，众口津津乐道——当日交锋地点，就是金蕊的巢穴"梅苑"。她说得很得体："招待外宾，理应用地道的中国菜款待。"三位红毛鬼心里早存低估之意，顾着鉴赏金蕊的美色，连带放松戒备。进入楼上厢房，摆开宴席，由伙计送上头盘汤：一口钟形炖盅，金蕊打开盖子，热烟冉冉，三人一望，汤水黑墨墨一片，看不出所以然。她亲自替他们舀汤，一碗碗盛满了。刚欲开动，忽听见红毛鬼齐声惊叫上帝，原来碗里皆横搁着一只鸡爪，金蕊若无其事地拈了一个，就吮咬起来。她迅速地嚼肉啃骨，鸡爪已尸骨无存，另一只手却用大勺子捞出汤底一件物体，含笑解释："用蛇肉蛇骨煲汤，再加鸡爪红枣，是最补的了。"三位红毛鬼强笑摇头："不，不——"金蕊打个眼色，一碟碟菜立刻上桌摆满了，红毛鬼惶惶难安，不敢下箸：有些煮得汁液模糊，有的在茸茸绿菜叶上杂间着碎碎点点的褐色食物，似肉非肉，似虫非虫——金蕊极力劝食，他们总是无胆尝试。

金蕊竟一个人不客气地吃起来，筷子夹得飞快。一时眉头紧皱，好像不满意；一时宽眉颔首，与伙计笑语，似嘉许称赞。三位红毛鬼眼睁睁看着她吃得香汗淋漓意足畅快；金蕊吩咐斟酒上来,然后用竹签一下下地剔着牙缝,并柔声说:"你们不能品尝美味,真是遗憾,跟钟先生不能答应你们的要求一般,也是遗憾。"其中一人沉着声道:"那些货物难道钟先生也不要吗?他真的舍得?"其他人也随着冷笑起来。

金蕊将手上牙签一甩,淡淡笑道:"钟先生不要这批货,也不见得会破产,论身家他早该享福,而你们揽着这批货不能脱手,卖给谁?谁会接手?到时候钱未到手,又让上头知道你们私运货物,我看送你们回祖家是极有可能的,发财倒不一定轮到你们呢。"她语句断续,不大连贯,发音不准,文法不通,但是意思却一句句分明清楚,红毛鬼脸上隐隐白里泛青,默默不吭声,仿佛木塑泥雕的罗刹鬼王,叫人心寒。

可金蕊嘴角含着一朵笑,态度异常轻松自在。

他们于是放软了声调。一来一往地讲起条件。金蕊也爽快,他们降低要求,她亦把口气放松,笑眯眯地展开拉锯战。索性叫人拿了算盘来——这女人滴滴答答打起乌木珠子,一笔账一笔账算出,就连过去钟嘉裕与他们交易的细节,也被她套出个一五一十,点滴清楚丝毫不差。金蕊不动声色,心里记得滴水不漏,一边又施展她纠缠不清理还乱的计算方法,弄得红毛鬼晕头转向,大叫投降,一切都依照金蕊所说的就是了。

金蕊微笑,开出一个价码,红毛鬼心里洞亮雪明,晓得还是有赚头的,便一口答应。一片笑声中,大家把酒言欢——事后他们吃了哑巴亏，也就作声不得，原本就是事先说好种种条件，一个不提防，着了她的道儿。

其中细节，多年后老伙计大概已经淡忘，无法记起，或者当年根本无从知悉。而那时钟嘉裕听见当中经过，只淡淡应了句"不错"，不见有任何夸奖的意思，金蕊掩不住的得意仿佛落空，心直往下沉，顿觉一丝懊恼，躺在眠床上彻夜难安。想和贵生商量，嘴上倒说不出来，而且他其实是《水浒传》里的吴用，求他动脑筋，几乎要了他的命。

贵生在那时候看见金蕊，倒发现她神情柔婉言语恭顺，眼里含有妩媚之气，偶尔欲言又止，楚楚可怜——这微妙的刹那间，他忘了她的飞扬跋扈。他笑着横卧在床，抽烟，烟光迷离，金蕊在蓝烟恍惚里变得更纤弱娇怯，说话的嗓音低悠悠的，一味带笑，有着愿意男人为她做主的意思，她只限于毫无道理的依从，就好比一缕芳魂追随在丈夫左右。

金蕊阿柳主仆二人，捧着食盒，摆放在房里的镶贝描金云石小几上。金蕊说是自己做的点心，不过是普通的煎萝卜糕、炸煎堆、核桃酥之类。贵生乐得东挑西拣地吃了一些，然后欣赏金蕊亲自买来的南音唱片——特地把留声机移放在窗外走廊的花盆架上，让歌声穿过曲栏门窗，飘进房里，分外悠扬自然。

她还取出一页页歌纸，与贵生并肩仔细对照。

他嗅着妻子的幽微香气，不知是在发上、衣服上，还是在颈侧，忽淡忽浓，一阵接一阵，他以唇搜寻，以吻探求。此刻贵生万万想不到这已经是他半生里最旖旎的炎热下午，以后再也不会有了。

　　金蕊也放下身段敬老尊贤，当然钟嘉裕一贯笑呵呵的。只是经过红毛鬼一役，金蕊顿悟功高不能盖主，仍然步步为营，外才不能露得太厉害，切记要收敛藏锋。童年时候，曾有个罗浮山人，给她批过命，说是刑克太重，宜离祖过契，不然刚硬难当，换作男命还可兴家暴富，开创新局面。多年后记起来，欲找那批命纸，遍寻不获，金蕊口头上一直强调不迷信不信命，私底下常唤阿柳到地母庙求签求神符——她太明白一切有势力的神鬼人，都不可得罪，必须依仗他们的力量，自己掌握的权力才会一点点胀大，如吸饱光华的风灯纸盏，幽幽透亮，等别人惊觉，它已化为天上日月，高高地升起来了。

　　也许是符水喝多了，不久便显示灵验——金蕊有了身孕。

七 玉含珠,荷留情

　　阿勇进了厨房之后,惜妹就悄悄地沿着梅苑砌花阶砖石级,一步步上去。午市的热闹刚过,女工三三两两弯下腰打扫,四面窗已卷下大片竹帘,太阳光闯不进来,惜妹只觉得周围昏昧无光,隐约听见街道的人声在浮沉,嘤嘤嗡嗡的。她爬上角落的一面圆桌坐着,然后从衣袋里掏出一把咸脆花生,放在嘴里咬着,她个子小,脚不着地,在那儿一晃一晃。

　　贵生一上楼来,便看见她。

　　惜妹梳着辫子,一左一右垂落胸前。

　　幽暗里的空气仿佛有了点微光,在帘外闪闪烁烁,似有一千只眼睛。

　　他随手拉开西边竹帘,唰一声,金色海涛冲进厅里。惜妹回头,以手半挡住双目,叫道:"好晒呀!"

金焰金光照在永恒的时间空间。

贵生忽然记起珍藏在梦里的衣影人面,眉语眼波,每一句话,每一个姿势,连续浮现。他凝视着惜妹,面目依稀,神情宛然,那种惊疑不定,咬着手指,睁眼殷殷相望的样子,即使过了五十年,他也不会忘记。

她从桌上跳落,欲仓促离去。他拉住惜妹的肩膀,一手握住她的腕,笑着说:"别走得那么快。"惜妹唯有站定,强作解释:"我阿爹跟这里的人很熟的,你别欺负人。"贵生一下子笑起来:"你阿爹是什么人,我倒要认识认识。"惜妹得意地哼一声:"你是谁? 我阿爹可不是让人随便认识的。"他接下去如此问道:"那你妈妈呢?"惜妹摇头:"也不可以随便认识。"贵生微笑:"也许我以前认识她,你不知道罢了。"惜妹侧着头,想了一会儿,说:"那我要去问问她。她有时晚上会来找我。"贵生诧异,心想这女孩恐怕是信口开河的撒谎精,说着谎话哄外人——他忽然觉得无限伤感。

惜妹转过身来,笑道:"你一定不相信,我妈妈是不会老的。"说着,往楼梯走去,咚咚地下去了。

他站在帘子旁边发呆,太阳照得身上滚烫。

或许这是真的——有些小孩眼睛特别容易看见不干净的东西,小时候看得清楚,长大之后,异能消失;也有的人,到老都还有这种神奇的力量。民间俗称阴阳眼。贵生其实希望自己也可以看见，不，应该说是只愿意见到银蕊，知道她还活在另一个世界的角落，仿佛他活着仍然有着希望——像过去读过的聊斋，历经千辛万苦娶回去的妻子竟无故病逝，追寻下去，她原来还在海外仙山修行，只因缘分未尽，他们依旧会有重逢的一天。

抑郁难伸的生活里，银蕊原本是投射在心间的一抹幻影。年月渐逝，影子缓缓地幻化成光色斑斓娇丽艳魅的实相，他想抓住，影儿却远在天边；偶尔不觉，她又出现在身边，在耳畔吹气如兰，撩动心弦。当年他认识的银蕊，止于一个芽苗，如今凭着思念苦想，已经开成一朵花，在脑海里舒展瓣蕊。

只是一个百无一用的男人，大概除了寻欢作乐，也别无他想。

他自认缺乏经天纬地之才，亦不是陶朱公之流，以一本谋万利，更不想战战兢兢当一个乖儿子，索性有一日放荡，便算一日。

若可以放逐出游，贵生巴不得立刻坐上轮船，渡过世界大洋，一国一国地旅行，永不停止——最好倚靠在甲板栏杆，倾听热带海洋吹来的波声浪语；又或学南洋州府土生土长的二毛子，西装革履，跷起脚，拎着一根"士的克"，整个人沉浸在大乐队演奏的跳舞音乐中，年年月月都在旅店宾馆里度过，隔几天，就换不同的房间，推开窗，探看各国各处的太阳月亮。

地板上斜斜的一条身影——他不过是极其平凡的人，后世史书典籍漏掉的千千万万人之中的一个，没有惊世骇俗，没有石破天惊。他有时安心地征歌逐色，有时又消沉自怜。红尘繁华，自顾自地卷进去，载浮载沉。然而当中的无常幻灭，又让他顿生唏嘘叹息，恍如梦里梦外。

银蕊轻轻一笑，从他身边跑开了。贵生环顾，再也见不到她的踪影。

从楼梯望下去，阿柳正搀着金蕊，走出梅苑。

贵生一动也不动，只看着金蕊一扭一扭地跨过大厅，走入白亮炽热的天光底。

宽大的袍衫里完全看不出金蕊的肚子。开始怀孕的两三个月，呕吐频繁，几乎是剩下酸水，而且吃不下东西；勉强吞咽，没多久反胃，又吐出来。金蕊支撑着，依然天天坐镇梅苑。奇怪的是，一坐在喧闹嘈杂的柜台，她便无事人一样，说笑自如，稍一歇息，那胃底就如翻江倒海，来不及找痰盂，竟稀里哗啦地吐了一地。

底下的人议论纷纷，她怀的准是讨债鬼，未出世先示威一番，让亲娘知道她的厉害；又有人说怀得如此辛苦，不如待在家里好好养胎才是，至少大家都会好过一点；另一人冷笑，反驳众人，认为她天生劳碌命，一天不到梅苑，就浑身不舒服，况且她怎么会让伙计偷闲躲懒？想必到临盆那天也还会发号施令指点手下做事呢！此言一出，他们觉得刻薄夸张之余，到底佩服这人了解金蕊的心，堪称是她肚里的蛔虫。

金蕊可没有闲着，这厢催促大厨烧煮新菜式，或试吃七姊泡制的酸辣芥菜，天天盯着其他酒楼，以防万一，一有动静，她便得出击反攻——像上次周树头陈记新张优惠，午市皆赠送汤水，引起风潮，金蕊银牙一咬，索性午市大优待，推出低价套餐，还特地印刷了双色广告，叫了大批孩童沿街一家一户派送，以招徕食客。贪新鲜喜热闹的忍不住上梅苑看个究竟，唯见门口正搭着长棚，临时加插桌椅。这回收了宣传之效，金蕊立刻接受午宴预订，标明是精致家常菜，每日菜牌都不重复，赢得食客老饕一致好评。

另一方面，金蕊也不忘早晚到济春堂打脉切问，甚至请郎中三天两头上门，开方子安胎养身。又听说肚子尖尖，胎儿喜乱踢乱蹬，多半是男婴——要是如此，金蕊觉得自己才没白吃苦头，传宗接代，稳定地位，也该依仗这点骨血。后来又听说了不少匪夷所思的生子灵方，只恨自己之前不一一试遍。

她变得多疑多虑，一两句好话，带有好兆头，立即心花怒放，笑意灿然；若是听见有妇人频喊："阿女呀，阿女——"金蕊马上倒抽一口冷气，面如土色，而阿柳则飞快地念上一句："吉祥如意，百无禁忌。"适逢龙年，上门的亲友都笑说钟家会生个龙子龙孙，钟嘉裕只一味欣慰地笑，表示生男生女一样好。姨太太早已不能生育，但对金蕊这一胎却分外热心，打听到何处何地的注生娘娘灵验，又或哪一个小地方的送子观音有求必应，便陪着金蕊去上香。金蕊合掌，吃力地下跪，闭目默默地报上自己的名字，提出要求，只有这时刻，她才察觉人力的薄弱，天意难测的惶恐，一个女人为了生男孩，留个后代，即使艰辛尝遍也不吭半声。

贵生只落得袖手旁观，见金蕊面孔浮肿，动辄呕吐，顶多捧了面盆去接，唤阿柳来善后，金蕊的脾气开始暴躁，夜里贵生打鼾声重了点，她睡不着，竟一扭三摆地走到妆台，将镜子、水粉玻璃瓶、水晶簪子、琥珀月牙梳子一扫落地，当啷作响，又抱住一个鸳鸯戏水大花瓶，用力砸在天井洋灰地上。于是惊动众人，连钟嘉裕也过来探看，金蕊才发觉自己失常，不禁痛哭起来。后来服了些安胎宁神清心之药，她照旧心绪不定，一时说房里太热，要阿柳在侧摇扇生风；一时又嫌夜晚寒露浸体，非要闭门关窗入睡不可。口里咸苦难分，起初食不下咽，之后胃口大开，梅苑的大厨和七姊轮流进贡，金蕊也不吝啬，索性叫仆妇拿碗来，分甘同味，只是没有阿柳的份儿。金蕊淡淡说道："未嫁之身其实不适合吃，她又体虚寒凉，根本受不了。"阿柳笑了一笑，也没有说什么。

金蕊现在不大愿意照镜子——尤其是腰圆穿衣镜。

唯见光影流溢中腹部隆然，面庞肿胀，双下巴，两眼呆滞；无意中瞥见阿柳，体态轻盈，秀眉巧目，瓜子脸儿，模样姣好。金蕊记在心里，暂且不作声。有一阵子，金蕊乱梦连连，一次更赫然看见有女子坐在床前，她挥手驱赶，对方也不走，直到那女子一手持着灯台，照向金蕊——她眼晕目眩，却也认清楚那是银蕊。不久金蕊就耳闻有人传言她见鬼，她不免怀疑是阿柳在搬嘴。

白天她还可以当作没事儿，夜里一躺在那高高的紫檀镜面大眠床上，纱帐如云如雾的，日月无光，纱帐外的人声愈来愈远，如今竟是被囚在时光的笼箱里面，分明像是无形的惩罚，要她在这无人的时刻招供，那慢慢逼进来的黑暗也不急，毫无声响，默默等待女人追溯前尘，这样没有多久，她自然会想起曾经埋葬在荒无人烟的旧事，纱帐一拂一拂，仿佛一点一点地让她回到当初话到喉头红唇微颤的时候——那时她先选了簇新月白衣裳，套上未下过地的大红鹦鹉摘桃的小鞋，轻轻闪入银蕊的房里，一阵霉闷味攻鼻，光线模糊，银蕊坐直身子，嘴角带笑，说："金姊，你代我出嫁吗？很好呀。"金蕊心跳不已，却静默下来。银蕊低笑道："没有福分，阿爷阿娘早死，你是我唯一的亲人，亲姊姊。"金蕊微微叹气，扶住她的肩，银蕊望着金蕊，脸上依旧有笑意："再好的东西也比不上姊妹之情，是不是？"金蕊欲安慰几句，却说不出口。银蕊泪珠一颗颗滴落，她呜咽："这是姊姊的喜事，我怎么可以哭呢？"金蕊突觉一阵酸楚，挽住了银蕊的颈项，涩涩地说："你可以来州府看我。"银蕊笑起来，然而泪涕不断："人家已经不要我，我不会上门讨人嫌第二次的。"

金蕊仿佛记不清她是如何嫁给阿勇的。

入了钟家门，金蕊有意将自己的过去一刀两断，砍得干干净净。于是有一次，金蕊唤春率布庄的吴裁缝上门裁衣，那裁缝天生多嘴，常把坡底的街巷是非一一学给她听，从卖猪仔的艰辛惨事到花寨青楼的阿姑艳史，又说矿场大老板陈某和橡胶园主人陆某特别喜欢哪一个香扇锥型的姑娘，争风吃醋。话未及一半，就插了一句，说水罗松二马路有个新开面档，当炉的是夫妻俩，那妇人面目依稀就像是少奶奶。金蕊含笑不语，逼急了只回说："是吗？我也要去看一看，世上真的有这样像我的人？"从此这吴裁缝就被弃之不用，再没有踏过钟家的角门半步。

这种蒙尘旧事，金蕊将它收得好好的，连自己也不去碰。阿柳暗地说她遇鬼，怎不叫她心里惊流翻滚，脑中霎时停止，白茫茫一片，过去只有自己知道的，暴露在天光下，任何人都在指指点点，是在猜测她做了什么私德有亏的事，不然哪有夜鬼上门之说？费尽唇舌也掩不住悠悠之口，盖不了那一双双阴晴不定的眼睛，一眨一眨地探看，她到底做了些什么——七姊无意间问起，且好心地替她求了一道灵符。金蕊羞愤不已，耳边像轰的一声，震得四周一切声音都沉下去，可是却分明是光天化日，眼前事物还是往常一样，但为何自己觉得发出的嗓音慢悠悠，连冷笑也带着微颤："女人的话怎能相信？尤其是一些贱婢下女——七姊，幸亏你亲口来问我，不然不知会传成怎么样了。"

金蕊还用得着阿柳，故当面并不声张，有时还颇为和颜悦色，送一两块花布给她，阿柳喜不自胜，谢了又谢。她适值怀胎，其实也无须制衣作裳,却仍然叫亲戚女眷中擅长缝纫的,上门量制,或将旧衣拆开再改,或订制小儿褓褓衣衫,顺道也替阿柳裁衣。金蕊笑嘻嘻地说:"凤姑娘,帮我们的阿柳做一件,她劳苦功高,不犒赏不行呢,那块倭瓜紫的布,还有那豆粉色印玫瑰花的,做一套高筒元宝领的衫裤,刚刚合适。"逢过节神诞,金蕊也批准阿柳回家,她是煤炭山人,虽说离坡底不远,总是不能经常回去,如今真的是少奶奶恩典。

新衣制好,趁着炎午天气,金蕊倦极小憩,阿柳蹑手蹑脚地试穿衣裳——小立穿衣镜前,她只略扣上腹前几颗梅花纽,领子未扣严,微微露出颈项胸脯一片雪白,就照前照后起来。阿柳鬓松髻散,随便挽在一边。瞥见妆台的镂花檀香盒子里,还残存着一点胭脂,竟抹在手心,搽在眼皮腮边,左顾右盼,忍不住抿嘴一笑。忽听见身后贵生笑道:"猫儿思春,打扮起来了。"阿柳微窘,一手忙扣上纽,解释说是少奶叫凤姑娘做新衣裳,自己试穿。贵生端详了一会,又叫她转过身去,然后说:"不宽不窄,很合身呢。"阿柳忽地一笑:"是吗?"又照了一阵子镜子,才借故出去了。

珠罗帐子没有拉开,金蕊躺在眠床上,却看个一清二楚,胸口只差没气炸了,反倒骂不出口。心里有一簇火,直烧到天灵盖,久久不能平息。

英国殖民地时代,严禁买卖奴仆,虽然仍有人暗地里进行,但是金蕊不愿伤了她的贤惠之名,不敢把阿柳发卖——素来恶奴欺主,罪大滔天,活活打死也不必赔命。金蕊在厦门就听过这种事,越是大户人家,越兴打杀奴仆,以示府规森严难犯:厦门凤池街仙游王家,有个丫头收礼时,扣下一盒核桃酥,那王府二太太马上下令,剥光衣裤,绑在茅房外的紫荆树下,以鞋底掴打其面,并烧红火钳,夹其十指。那丫头痛号之声,响遍整条凤池街,闻者心寒。之后任由她赤身缚在那儿,不予食水,直挨到冬至当日才身亡。知悉此事的莫不谴责王家二太太毒辣,甚至还有人打算告官。

多年后金蕊零零散散地将从前听来的惨状,半恐吓半安慰地当着下人的面讲起,暗示他们理应知足,不可太过。

金蕊打开账房镶贝螺钿的锁柜,寻出阿柳的契约,仔细翻查,才晓得她算是个半自由身,然而婚嫁须主人过问,不得擅自作主。

端午正日,梅苑开半天。钟家早上拜过祖先,金蕊就待在楼底偏厅慰劳自己,一桌子的酸辣小菜,马来人腌黄瓜大葱、马来盏煮臭豆、娘惹粽子——来了南洋,她也学会了吃辣,那滚热辛辣之气攻鼻侵舌,只觉得无限刺激无比爽快。她挑了一张罗汉床,身子斜躺着,挺着大肚子,那小菜一口一口往嘴里送。阿勇送粽子来,金蕊忙叫他坐下,过了半盏茶时间,她晓得自己要问什么了:"你没有想过要个人吗?家里少个女人很不方便的。"

阿勇叹道："哪说得上？我家无隔夜粮，又有个女儿，好人家的女人哪里肯嫁？"金蕊轻轻一笑："你人品不差，又有手艺，只要勤劳去做，怎会没有出头之日？而且惜妹还只五岁大，早晚有个妈妈看顾才不会孤单。"阿勇见她说得入情入理，只好笑着不辩驳。

其实陈婆婆早一阵子，已替他说了好几个人：一个是她在唐山的侄孙女，只有年庚八字和一张相片，样貌看来很老成木讷，年纪却很小，才十七岁；另一个是个新寡，文冬人，年龄与阿勇相当，女红针线、挑水砍柴、煮食烹调不在话下，即使一桌酒席也做得出来，然而手边带着一子一女，是个累赘；还有一个是同乡，年方妙龄，性情也好，但就是家里还有弟妹五六个，都年纪小，须要抚养，负担极重。阿勇不急，有了积蓄才打算，偶尔去一两趟摆花街后巷找姑娘，匆匆来回，也不住夜——想及银蕊，难免有一丝愧疚。

她仿佛没有离开。

夜半睡梦中，他隐隐感觉到她的存在，帐子无风摇动，枕边一缕幽香，似一只手搭在他背部；半梦半昧，有人在他发上吹气；有时又听见厨房传出声响，不是猫追老鼠，而似有人烧火热灶，频频走动。惜妹常说夜里有人陪她玩，阿勇只觉得无稽，后来渐渐发现蛛丝马迹，问惜妹，她反而什么也不讲。

那年他在水罗松大街会馆，遇见银蕊。她在那儿帮佣，微雨天气，银蕊站在高凳上，以湿布抹着一盏玻璃走马灯，窗光淡淡，映照人面,只见她眉目姣好,阿勇竟在一边,看了许久。后来银蕊发觉了,也不恼怒,还浅浅一笑,问道:"你是不是在对面街口卖面的?"问得他倒有点不好意思。银蕊反而落落大方,常到阿勇面档去,她一只手捧住鸡公碗,另一只手撑着一把雨伞,站在一侧,等他的面。雨声一滴一响,在油纸伞上断断续续的,似有个好玩的天女将项圈的珍珠解开,纷纷散落,化作阴雨天气里的妙韵清音,听着仿佛让人在雨中不愿离去。

阿勇炉边的烟气缭绕,一阵阵吻在他的手背上,他的心忽然温暖起来,想说也说不上来,有她在雨中无言地等着,似乎当天就不会白过。以后银蕊嫁给了他,这种长相厮守的暖意,一直没有消失,他知道回到家里,灯火通明饭香衣暖,还有一个人儿跟他过日子。他父母双亡,她只身飘零,然后守着一炉火光。没有朱门大院,没有堆金积玉,也没有仆婢如云,只是年月之河,点滴流到他们身上都觉得可贵可亲,他恨不得乞求上天返还那一段岁月。

阿勇什么也不要,只希望回到当时,银蕊抱着惜妹,抚弄这初生婴儿的指头,一脸的满足,他怎样也不会忘记。

算命先生告诉阿勇,一春归去还复来,二春花开色正浓,他会再娶——可是他并不愿意相信。听人说南天宫后巷第二间茶寮的后座,有个叫蓝十二娘的,是何仙姑童身,上至九重天,下至十八阎罗殿,无论阳间活人还是冥界阴人,她都有办法找到。阿勇给了她银蕊的生辰时辰,蓝十二娘微微一笑,点上三炷香,手拈起一枝未开的荷花苞蕾,闭目低唱起来。她的歌声哑哑的,毫无甜润顺溜之感,但歌词仿佛是说云游天上人间,每一景皆有慨叹,最后才唱到"寻阴女何门杨银蕊"。

蓝十二娘睁开双眼,轻轻一笑,不语;阿勇头皮震动,发麻,晓得是她来了。她与他对望,他忽然什么也说不出口了。蓝十二娘却先说道:"最近整天下雨,小心身子。"阿勇隔了很久才说:"惜妹这几天睡不好,常咳嗽,白天又打瞌睡。"对方声音不徐不疾,如同闲话家常:"叫常鸿嫂不要给她喝冰水,这番婆只顾着做香饼,有时还将惜妹留在门口玩。上次我说给陈婆婆带,你又不肯,到底是老人家懂得分寸,女孩子喝冰水,身子弱呢。"絮絮地讲着惜妹的事,交代阿勇留心这样注意那样,恍如生前语气。后来说到这句便未必是真话:"跟这里买一道符,在屋后东北角烧了,求个家宅平安。"阿勇点头,心里半信半疑。蓝十二娘双目闭上,复又睁开,手上那朵荷花已然绽放:银蕊走了。

他没有跟任何人提起这件事。

金蕊一直围绕着阿勇续弦的问题打转,还特地叫阿柳在厅堂侍候,递盏送盘,上下走动个不休,说阿柳今天的抓花髻梳得好,又赞她身上衣裳色泽鲜艳,也不忘强调阿柳的手脚勤快。阿勇顿觉拘谨,脸上照旧带着笑。金蕊剥了个粽子,替阿勇添了杯茶,趁机压低声线:"他们都说下个月是好日哩。"他笑道:"太快了吧,老实说,我自己也不一定——"金蕊没有让他说完,就长篇大论地发表对婚姻的看法,从亲朋戚友堆里大量找例子寻证明:旷夫怨女耽误青春已是惹人闲话,丧偶不续,更加不该。她说看了多少人老大孤僻,性情大变,旁人难以亲近——反正都是她的道理。

夜里阿勇一直感到银蕊躺在身边。

像往常一样,她临睡前总要烧一盘蚊香。

他嗅见蚊香味,俯下身去找,也没有看见什么。

仿佛感觉枕畔有个人在侧转身子,一动就察觉到了。

明知道一翻身过去,必然看不见她。他选择静静地听着黑暗里的声响。有时在睡梦迷糊中,隐约有人把被子盖在他身上,想叫她,却敌不过睡魔,合上眼睛,沉沉地走入无光无声的世界。可能在半醒之时,还有机会瞥见她的一角衣衫。

从金蕊那儿回来的当晚,阿勇梦见银蕊,她坐在床沿,穿了一身红,房里点起无数灯烛,照得墙壁火影辉煌。他叫她的名字:"银蕊——"她把头上凤冠除下,然后一一地将霞帔解开,流苏璎珞一件件剥下,再松腰带,红罗裙一袭脱掉在地,银蕊拾起叠好,双手捧着。阿勇又一次唤她的名字。银蕊平静地说:"还给你。"他问她为什么,她没有回答。灯烛一下子暗了,一片黑漆漆。房里只回响着阿勇叫她的声音。

"下一次生个儿子吧。"银蕊抱住惜妹,围了一屋子的妇人们,笑嘻嘻地对她说。阿勇替女儿取名,其实是疼惜的意思——即使是赔钱货,他一样欢喜。

还以为他们会一直守着过活。等待一个个未来的希望,像所有的柴米夫妻,共患难同欢乐,互看彼此的头发变白,一起衰老。

他再度到南天宫后巷的茶寮,只见后座已锁上;茶寮老板说蓝十二娘已出埠外游,要三个月才回来。阿勇心里有千万个问题,突然没有了着落,空落落的,站在太阳下,金色光从头顶罩下,热得他近乎麻木,什么也想不起来。

众人照旧看见阿柳在钟家,据说她出嫁一事,倒不见落实。

不久,金蕊生下一个女儿,贵生亲自取名为玉蝉。有人说那女婴刚出世,屋外竟是一树蝉声,这说法也不知是真是假,就一个一个传开去,听的人无不啧啧称奇。

第二卷　花飘惜红，蝉落池影

一 蝉忆

玉蝉最初的记忆里一直保留了这一段:爆竹声响处,她穿上小红袄、红鞋儿,红绳绑住小辫子,脚踝还系上铃铛,整个人像泥塑娃娃似的,小脸蛋两团红胭脂,又不敢吭声,乖乖地等着丫头女仆领她进去。二十年代末南洋半岛的华人过年时,天气照旧炎热,橙红阳光晒入天井,一地苔绿斑痕有了日头眷顾,走廊旁的茶几上叠放着别人送的礼:黯棕色年糕上贴着飞金红纸,一条条榴梿糕斜躺在潮州蕉柑侧边,靠着铁盒英国太妃糖的是三两瓶名贵洋酒。玉蝉一步步,走得略微蹒跚,是小孩学步的姿势。她不晓得眼前一堆的年货,其实代表了富足丰盈——当然未来她到底跟一般受苦受难的人没有两样,但类似这种华美繁丽的大年节,在年长之后仿佛永远不能再度过了。

竹帘一角,玉蝉看见盛装的母亲,立在紫檀罗汉床边,手托住一个八宝琉璃盘,笑吟吟地让太太姑娘们一个个轮流尝新,说是自己梅苑的大师傅亲手做的:酥炸麻花、杏仁饼、芝麻煎堆、花生瓜仁酥、玫瑰凤凰塔……她穿一袭翠绿镶滚如意边的衫裤,全身看起来极素净,可是胸前却没忘记挂上一大串蓝宝红宝相间的项链,一转身挪动,一颗颗宝石就微闪光芒,红影蓝光晃荡交错,即使有的摩登仕女花样创新,到底也抢不了她的风头。玉蝉怯怯地站在荷花缸前,只觉得母亲似乎是遥远国度的一个女人,近也近不得。她修饰装扮,不遗余力,把眉毛一根根拔细,眼睛黑白分明,光彩炯炯,一个冷不防的扫射,让人打从心里寒出来;然而她放下架子,含笑相对时,人们又不得不赔笑。玉蝉是她的女儿,不见得会获得多少温情、慈爱,平日只交由仆妇看管,三两天才带上去看两眼。通常是从梅苑回来,午睡前那一段空当,玉蝉就会随着女佣穿堂入室,打起帘子,会见母亲。她总是略俯下头,问:"吃过了没有?"都属于起居饮食的问题,由底下人一一回答。末了,才要玉蝉叫一声:"阿娘安好。"声音哑哑怯怯,带三分畏惧。这母亲不耐烦地一挥手,即表示要送玉蝉走了。一个小女孩几乎走不到亲生妈妈的身边,从来没试过撒娇笑闹,耳闻轻柔的催眠曲入睡。

例外的是阿爸回来,玉蝉会欢悦地蹦跳出去。大声地喊他:"阿叔!"大概是他们老一派的规矩,父女八字如见刑克,须以阿叔代替父亲之名,希冀减轻相克之意。他一进来,便牵住玉蝉的手儿，让她翻阅新买的儿童故事书，皆是英文书写五彩插图的。一次还买了一只雪白茸毛的玩具猫儿回来，与真猫大小无异，猫眼一碧一朱，可爱得很，玉蝉寻来一根红丝带，替它系上蝴蝶结，又央求丫头给她一把小梳子，得空就给这猫儿梳理毛发，玉蝉称它为"鸳鸯眼"。家里另一只真猫，老虎斑纹，很懒很馋，厨房一开饭，它就蹲在一边叫饿，或在人家的脚底腿边走动徘徊，只盼得到菜汁肉碎。玉蝉将鸳鸯眼放在老虎猫面前，那老虎猫察觉，不禁走向前去端详，左看右看，又以爪去撩拨，鸳鸯眼也没反应，玉蝉咯咯笑了——其实回想起来，这简直是极其无聊的游戏；可以后经过一番劫难，以前即使再幼稚无知，无论如何也值得缅怀，是一种含泪带笑的惆怅，萦绕不去。活着的个人记忆，无非是零零碎碎，不完整的细节，玉蝉模糊地记起，有个表亲，很年轻的小伙子，会画水彩，一天来拜访，就叫她坐在小藤椅上，抱住鸳鸯眼，笑眯眯地给他画了一个下午。那张画后来还送到家里，父亲陪同她看了颇久，笑了又笑。

现在玉蝉精神好，便会坐直身子，柔声地叙述阿叔过去如何疼爱她，有多少共同分享的小秘密。其他人打趣问："你阿娘没份儿吗？"她断然决然地说："对呀！阿娘统统没份儿！"有些事情甚至让玉蝉固执地认为是阿娘的恶意所为——她替鸳鸯眼梳毛发的小梳子，搁在小抽屉里，后来不翼而飞了，玉蝉不敢问一言半语，很久才听见阿娘淡淡地与丫头提起："……也不分好歹，女孩子整日玩,玩得心都野了,把那假畜生当作宝贝,实在不像样,我看最好将它丢掉算了……"玉蝉浑身颤抖,急得下泪,但又发不出声音。只是当着阿爷的面,阿娘的脸色语调才显得和缓平顺,也会走过来抱抱玉蝉,一味微笑道:"……要吃饭哦!你看你不长肉,瘦翘翘的,阿爷不喜欢的!"阿爷那时已患病卧床了,一脸花花点点的胡须楂子,目光昏涣,常常尿湿了床褥也不懂。玉蝉踏进房内,尿膻味在空气里久久不散,她捂住鼻子,一步步走向前去,两手扒在床沿,仰头注视着他;阿爷转过脸,见是孙女,点点头,从枕头底掏出两三枚嘉应梅子,请她吃。玉蝉拆开了,放嘴里,甘美润喉,她竟摇摇阿爷的手臂,频频要求多一两枚;他闭上眼,没气力搭理,可是嘴角含着一丝笑意。房里光线不足,到处暗影幢幢,听见阿娘催促道:"到外面去,阿爷要睡觉了。"仆妇突地一把抱住了她,送到房外。玉蝉一下子脑袋空白,身子已远离了那老人的病房。梦里经常出现那阴蓝色门帘,婆子弓身掀起,丫头声声叫着少奶,阿娘穿着玄黑衣衫,低头进去了,留下老虎猫儿蜷睡在门边。玉蝉欲跟上去,门帘却唰一声放下,婆子丫头以手挡阻。她只好缩在角落,与猫同眠。噩梦的片段偶尔也有这一幕:昏黄灯光里,无声无息地来了一队人,抬了一口棺木,后面随着的是阿叔,缓缓走到房门口。一阵阴风吹起帘子,阿爷慢悠悠地踱出来,笑容满面地坐上棺木,盘坐不动。阿叔忽然下跪,玉蝉眼前一黑,什么都看不见了。

她仿佛只剩口里的嘉应梅子味道,在舌尖留恋长存。玉蝉想回去那黑暗的房里,寻找阿爷藏匿在枕头底床头边的嘉应梅子,就算岁月流转偷换,那甘甜芬芳一定不会改变吧?长长走廊里,小女孩抱着鸳鸯眼玩具猫,一路奔跑过去,扑面冷冷的尽是霉湿气息,走也走不完的昏暗回廊,玉蝉喘息着一段接一段跑着。醒来时全身疲倦到极点,她依旧睡在床上,什么事也没发生。除了毫无例外的一桩:与许多人一样,她已渐长成人。而魂魄走入梦中,却总是一个身在老楼房的女童,没日没夜地在里面勾留盘桓。

钟嘉裕逝世在当时是一件大事。

以后有人说起某富商排场大,便有人插嘴:"有没有比钟嘉裕厉害?"出殡时万人空巷,仪仗队列开一行,敲打吹奏,游街七里,经过水罗松、莲藕塘、五枝灯……尾随着的轿车里大都坐着有头有脸的华商和官员。花圈花牌缀满灵车,有的以十尺高的花牌配以挽联,大肆夸张了他生前的功绩。帛金收入全充当慈善用途,由金蕊出面移交——玉蝉完全忘了这件事,一直等到有人找出旧日报纸来,才惊觉确有此事,然而图片已模糊不清,只约莫可以辨认出金蕊披麻戴孝的芳容,面对镜头,表情肃穆。玉蝉在众多的亲戚姓名里觅见自己的名字,其实孙女并不重要,反而侄孙或同房堂孙,列出了十好几个。外面人的语气不无遗憾,贵生无儿继承,捧香炉灵牌少一人,就这一点福泽嫌薄。金蕊生下玉蝉,大受刺激,觉得上天真的开了一个大玩笑,产婆抱给她看,她怎样也不要瞥一眼。

玉蝉那时恐怕还不认得阿柳——金蕊将一切怨气出在她身上,一天到晚找碴,变换了各式各种花样来折磨这近身侍婢。金蕊甚至当众用铰剪剪破送给她的衣裳,全屋上下皆可听见那雌虎似的怒吼:"贱人! 你不配穿这好衣服! 地底泥也比你干净!"据说金蕊怀疑阿柳勾引自己的丈夫,咬牙切齿地指天发誓,硬说她目睹两人躲在花荫下卿卿我我,又让她捡着了什么手绢扇子之类的证物。阿柳变得镇静异常,金蕊咆哮,她却一言不发,最多止于含着泪光,紧闭嘴唇。金蕊冷笑,并以受害者的口吻抒发一己的苦处:"我还想介绍妹夫让她做填房呢! 真正是养蛇吃鸡,好心没好报……"贵生根本对她彻底厌恶,只身躲在账房过夜,不踏入金蕊房门半步。她大哭大闹,迹近疯妇。人们推测或许是生女打击颇深,抑郁过多,一发作就不可收拾,而一身白衣白袍的洋医生确实曾上门看症。

金蕊恢复正常之后的第二天,便一话不说,叫阿柳的父母到坡底领她回去,一离万事休。贵生从此不大理会妻子了。金蕊的悔恨,像一千个一万个酸水汽泡在心里升起翻滚——聪明如她,何苦至此? 她大可收敛得好好的,温柔而微带歉意地说:"无儿子,女儿也好,明天招个弟弟来。"阿柳再妖艳狐魅也只是下人,压根儿撼不动她的地位;不顾一切地撒泼凶悍,愚蠢到极点。

梅苑伙计冷眼旁观,暗地里惊诧不已……都觉得她无须采用此等下层妇女的伎俩,不仅伤其体面,且把事搞大,挽回的成数就不高;稍微有点年纪的则笑叹:"这还不是应了老话,宁愿对一只笨母猪,也不能娶一只恶凤凰!"家翁一死,原本对金蕊不很有利,然而贵生亲口告诉宗祠的父老,情愿将产业诸如梅苑、楼房转让给妻子,自己省得劳心劳力打理。他们无不摇头苦笑,虎父犬子,事实摆在面前,不得不相信。年月流逝,其中一两个老人坐在五脚基闲话旧事,仍然把钟贵生归纳为败家子,至于其下落,有好几个说法,一说挥霍奢侈好几年,便贫病潦倒而殁;又一说他坐着洋火轮,一洲一洋地游戏红尘,之后在旧金山落脚;更有一说,日治沦陷时,他在新加坡遭飞机轰炸而丧命。还有人把他提在嘴边,不过只因为此人是闻人钟嘉裕的儿子,梅苑女主人杨金蕊的丈夫,反复叙述的只是那几件事迹,没有人真正关心钟贵生的喜怒哀乐。他曾是一个俊逸秀朗的男子,内心眷恋着一抹渐淡的面影。但有谁知道? 人生一世,草生一秋,他一走,也就永远埋没于光阴的泥底。

即使是玉蝉,她也只记得阿叔临走前,躲在房里听唱片,一首又一首;他躺在罗汉床上,叫女儿过来,以手一遍遍抚摸着她的头发:"你长大了,可以坐船去看世界,那时阿叔陪在你身边,你什么也不用怕……"玉蝉似懂非懂,当时并不知道他要出门,假若换作今日,无论如何也得要扯住他的衣衫裤角——完全因为他是她血脉相连的父亲。在以后受尽摧残吃遍苦头的日子里，玉蝉想哭一声爹，欲得他的慰藉也不可能了。她即使要到坟上去，也没有坟地——葬在何处？天之涯？海之角？他就从此没有回来过。

二　遇桥

　　战前老街坊怎样也不会忘记水罗松那一带的小摊子。他们振振有词地说,要吃炸粉肠猪杂汤非得到大阳公庙对面的金记不可;如今几乎绝迹的海南手抓鸡饭团,当时只要下午在巴刹路就可以看到挽着篮筐的老洪,总有顾客围着他;记忆力特强的老妇人坐在露台小凳,跟年轻孙子说,那文莱后巷多个面档,是没有人比得上那老阿勇的,每一次买了菜,她们总少不了到那儿享用面食——即使现在牙齿崩落摇摇无力,可是依旧怀念那香滑带韧性的面条,热辣够味的肉碎汁浇在上头,吃进肚里,不只是"好吃"二字可以形容的。或许从前物资匮乏,缺少的正是这种温热饱足的充实感,时迁世易,久远的滋味被记忆夸张美化了。据说早期还有"算盘子"可吃,后来阿勇的这道著名小吃在梅苑酒家才有售卖,市井小民可望而不可即——除非是相熟的,阿勇才会破例煮一两碟卖出来，不然要吃也只能去会馆后门的一摊小吃档，这可是较次的选择。太韧太硬，粉料太多，炒时又放太多水，一咬下去，里面熟不透心的。

阿勇在哪一年过世，已不可考。接下去的面档生意竟无人继续——不知怎的，之后有个女子煮的面倒与他的水平不相伯仲，她的面档开在文莱巷小学侧门对面的凤凰树下，穿一身极普通的唐装衫裤，头发熨得略皱，然而一抬起脸，人们立刻忍不住惊异起来：黝黑的肤色，掩不了眉目端丽、流动的妩媚，她根本不用施朱敷白，便是个出色的美人。看熟看惯，就有人恍然记起阿勇的女儿，她分明是他的女儿，容貌酷似阿勇妻子。然而她不多话，别人多嘴搭讪，她只是一笑了之，很少回答。在五脚基闲话当年的老妇们淡淡地扯开去，一个说那时卖面女子已嫁了人，一个则说她嫁过两次，有时手牵着两个孩子，与不同男人生的。其实这些陈年老旧的人名轶事，也只有她们同时代的人才有兴趣，且不与自身有关，一切都是别人的隐私，一双双眼睛守在边缘上张望，到底有一种旁观的喜悦——她们其中一人，已记起了卖面女子的小名，她叫惜妹。

惜妹正式卖面，是在二十五岁那年。

五年前她还在老街场鸿运衣店学裁缝。当足半年学徒，工钱才五元，虽说中午包吃一餐，但通常吃不饱——昏暗的天井里置了一个长桌，当中搁了个饭盆子，每人用木勺舀盛，限吃一碗；

菜式不过是煎咸鱼、咸蛋、炒豆角,最丰富的止于江鱼仔汤。有时惜妹偷觑隔壁桌,只见老板娘一家人有鱼有肉,外加排骨莲藕汤,没一阵子厨娘又捧出一盘盐酒鸡。惜妹和几个女工的胃腹登时闹骚动,目光一直不肯离开半点——她知道自己实在没志气,但当时却忘了抱怨老板娘的苛刻小气。

一身瘦骨,套上衫裤,微风吹过来,衣衫内像钻进了一只只蝴蝶,在展翅拍动。跟小时候不一样,圆脸如今已变成尖下巴,常鸿嫂一次遇见她,喊了起来:"你怎么啦? 多吃饭嘛,还是身体有病? 要当心一点。"常鸿嫂苍老多了,前些时候又摔了一跤,走路一拐一拐的,还得用木杖稳住,细看,头发白了大半,惜妹看了,隐隐有种辛酸的感觉。常鸿嫂算是半个妈妈,多少个夜晚,她亲自喂自己吃饭。像一切妇人逗孩子一样的,叫惜妹张开嘴,然后一匙羹一匙羹送进口。惜妹笑说是劳碌命,长不了肉,没有太太奶奶的福分,常鸿嫂却反对,坚持说:"你是有福气的! 小时候算命先生就讲你会嫁一个好丈夫!"惜妹只当笑话听。只是她一直觉得跟父亲没什么好说的,尤其是少女心事,也不方便告诉他。

阿勇老了,耳朵重听,嘴巴有点琐碎,唠叨起来像老太太。有人暗地里议论,说如果当初再娶,家里有个女人,他就不会性情变得如此。大概已没有人认为他是情痴,一心还惦记着亡妻。生活的泥沼一寸寸让人陷下去而不自觉,他的安分因循,守旧劳碌,没有任何野心。时光飞得老快,他唯有软弱地承受一切侵蚀,有力气便继续赚钱,如果死神无情地要穿透他的肉身,带走口里的一点气,他也无怨无悔,但眼前转着的小烦恼,却不能不理,不能不担心。阿勇劝了无数次,叫惜妹不必学什么裁缝,条件可耻,待遇微薄,不如到梅苑当个女招待。惜妹懒得跟他解释,而且打从心里不想替金蕊做工,看她的脸色。阿勇还在絮絮不断:"到底是自己的阿姨,有个照应,比什么人都方便……"惜妹冷笑,不作声。她始终看不惯那个梅苑的小脚女人,从小就这样。惜妹厌恶金蕊冷眉仰面的倨傲模样,还有仆婢簇拥的排场,动不动呼喝,摆出一个臭架子。惜妹记得金蕊轻描淡写地说:"你算是玉蝉的表姊,玉蝉一个人也挺闷,不如你住在这里,陪一陪她,替我看顾一下。我实在不放心其他人……"等于派一个婢女的角色给她,好像普天下的人都恨不得当她奴仆一般。惜妹没放过让她惊愕失措的机会——金蕊没想过会有人不愿意巴结她。从此开始有人晓得惜妹是个有主有张的女子。

后来范舟桥也曾当面说惜妹:"你这个人简直牛一般,不会转弯,得罪人像家常便饭,总不想想后果。"惜妹咯咯一笑——她当然也懂得妥协,当遇到心里喜欢的人,有什么不可以呢?范舟桥想必从未察觉自己正享有这个福分吧?惜妹认识他的那一天,这个穿着雪白米袖衫、黯灰方格西装裤的男子,蹲在会馆楼梯口绑鞋带,那的确是一双好皮鞋,光滑锃亮。惜妹咚咚声上楼,走没几步,检查衣襟,不禁回头叫道:"先生,麻烦你……"范舟桥却早已拾起那一方手帕,伸过手给她。惜妹微笑,旋过身子,轻盈地跶梯而上,心底分明牢牢记得这男子一头短发,眉目清秀,目光殷殷地望着她。就连惜妹夜里上会馆唱曲班的时候,也心思乱乱的,而练习的曲词却又是泣红伤春、幽怨到极处的,旁边的几个女学员一字一句地拉开嗓子,唱平喉,皆模仿当日流行的小明星张月儿、徐柳仙之腔口,二胡筝琵,檀板一响,先是"流水南音",接着是"翠腰裙""板花下句",曲调变掉,又得顾着字音拉腔,词意凄婉哀怨,惜妹倒一腔笑盈盈,毫无悲戚之情。薄命红颜的故事自留在弦歌竹丝里,她却自有一己的喜悦于血脉中缓缓地流动。

　　和他多次相遇,才知道他是西乐队成员,专门负责背大鼓的,难怪经常一身光鲜,大概是要出场表演吧。正职是宝光戏院的售票员兼带场,只因为他叔叔是经理,没有这一层关系,恐怕找不着这份工。那时范舟桥趁着七点钟夜场空当,还到会馆上珠算英文课,惜妹在隔壁的一间厅堂练曲,通过门洞,可以看见他在上课。一次在街尾适逢出殡行列,灵车前有殡丧车队吹奏一曲《送别》,后面就站着一个高个子,是范舟桥,身上绑着一面大鼓,一下一下敲击,惜妹静静看着,他察觉了,目光相投,什么招呼也不必打,在这场葬礼里,两人的心意互相传送。跟逝者话别的乐曲,竟无形中变成他们眉语眼波的背景音乐。一直要等到后来经过沧桑变化，送殡曲往往勾起惜妹的记忆，一听到出殡西乐奏起，她便身不由己也出去观看，欲从队员里辨认出范舟桥的容颜，却一无所获。

惜妹清楚地记得他总在下课后，站在楼底圆柱子旁等她。他问她习曲唱南音的情形，又央求她高歌一曲。惜妹忙解释自己是另一籍贯的人，只是任何人住在坡底，少有不学广府话的；学平喉不过是自娱，且认为以女子身份模仿男声，有一种难言的吸引力。范舟桥低语笑问："随便哼一段，怎么样？"惜妹摇摇头，而他却认为这是属于女儿家的娇羞。一直到有人叫惜妹去茶楼曲坛客串，她也坚拒不去，他才发觉所遇见的女子是何其刚烈直性，即使环境再恶劣，她绝不会让别人叫自己一声"歌女"。

而范舟桥则再随和不过，只要有人开口叫他帮忙，他立即穿戴整齐，喇叭大鼓备好，马上出发——也许是替某家商店吹一段广告歌，或宴会上击鼓助兴，偶尔也担任一下司仪的工作，然而酬劳收得并不多，有的仅以请喝一杯茶了事。他却不以为意，只笑吟吟道："人家请我是看得起我。"把吃亏当占便宜，久了，他们想想，还是他好，到头来照旧把他请去。惜妹笑他是无事忙，各处都可以找到范舟桥的踪影：巴刹街锦隆杂货店里，一只花猫上了横梁，下不来，他竟搬了木梯，一级级踩上，把猫救下；又或者在五脚基遇到一个并不很相熟的老人家，一聊半天，投契异常，然后跟对方回家，替他清除门口野草，做篱笆，甚至爬上屋顶修补破洞。他有时为了发挥一丁点的助人之心，就把手边的正经事搁下，像有人问"马打寮"（俗称的警察局）在何处，范舟桥说明了一遍还不够，索性亲自带着那人走一趟，他叔叔立即发现戏院门口无人看管，急得半死，只好找妻子代替——她臭着脸帮忙撕票根，心生恨到极点。等到范舟桥回来，吃了一顿责骂，但脸上却笑嘻嘻，似乎没发生过什么事。

惜妹知道了，便明白他的为人性情早已无法改变，但照样劝了几句："你帮人也得有个分寸，耽误了本身的工作，怎样都不太好。到时候人家只会说你滥好人……"范舟桥不以为意，只含笑听着她唠叨。惜妹一声叹息之后，就不再浪费唇舌。一如意料之中，他到衣店里找惜妹时，也殷勤地替老板娘搬一捆捆布匹，从店内抬去楼上的货仓，弄得一身臭汗，惜妹看在眼里，却已心平气和了。他是这样的人，这样也好，远胜其他小气自私的男人。仿佛勉强可当作一种优点，来安慰自己。

三 迷魂

南洋州府还未进入日治时代,梅苑酒楼的生意一直很好,但唐山的烽火战事没断过,这里的人一方面筹钱抗日,拯救同胞,一方面还觉"萝卜头"不至于把魔爪伸向南方,即使来了,至少也有英国红毛兵抵挡,况且长久以来,洋枪洋炮,到底仍是红毛人在行,怎样都轮不到东洋鬼张牙舞爪。货商们聚集在梅苑的雅座里,高谈阔论,有的好作权威分析局势,有的则专拣事后孔明来当,每每以"我早就知道"为开头,三两种论调来回辩驳,无疑是神经绷紧的一种松弛,一壶好茶满叫几样菜,炎炎下午便如此消磨过去。

偶尔也会看见金蕊,一身光艳坐镇柜台。身后总有仆妇侍候着,她眼波微转,玉指微扬,她们立即凑上前来听候差遣。后来人们发现她开始学抽烟卷,手里还握着一个银质雕花嵌着天使琥珀像的烟盒,手法优雅地抽出根烟,由侍婢点着了,送到嘴里。金蕊挑了一个设在雅座后的小厅,由串串珠帘隔开,靠墙择一张罗汉床,斜着身子半躺,吞云吐雾,烟光迷蒙,然后静听众人的胡扯喧闹——比什么娱乐都好,听多了,金蕊的见闻增长,东凑西拼,加上自己的解说,竟也是另一番独特的道理。不时加插几句,那一帮食客忍不住惊叹,这一个缠足娘子毕竟有学问,一人当得了几个大丈夫。她吸一口烟,淡然笃定地说:"殖民地州府红毛人,第一就要保住码头,一失守,他们吃什么? 倒不是替祖家卖命! 只是捞油水的地方实在舍不得放手……罗先生说的也对,红毛人枪炮厉害,不信对付不了萝卜头……"

据说金蕊接收了钟嘉裕生前的地下生意,包括与红毛人合作的私货偷运。有人听过她说红毛语,流利顺溜;外面的人甚至曾目睹金蕊陪着三四个西洋贵妇到别墅花园游玩,赏花打牌,倦了就在旅人木和芭蕉树下开一桌茶点,随时享用。那时早已没有了竹轿,金蕊另包了一个三轮车夫,早晚接送——在任何人的眼中,她永远瞩目,几乎是个奇女子的范本。多年前见过她几面的常鸿嫂子,大概不会忘记她倨傲地坐在竹轿里,与底下人说话的情形——那一年,惜妹还很小。钟贵生远走他方,金蕊等于是一只金黄大蜂后,独占巢穴,在她的王国里,颐指气使,连带钟家那一房的亲戚,都对她递上了降表。一个个无不尝过她的苦头,但只能恨在心里,脸上堆着笑。金蕊根本不在乎他们,只是但凡有什么宗祠祭祀,她第一个出钱,捐三口金猪、烧羊,务必办得体面,执事的先生们领过她不少打赏,无不称赞这位钟少奶奶做事漂亮豪爽。

　　谁也不敢提继承香火这回事——分明是哪壶不开提哪壶。当然只要金蕊一开口,也一定会有子侄辈过继给她,然而毕竟隔了一层,不是从自己肚里出来,到底远三分,且她不会不知道他们虎视眈眈着钟家的产业。金蕊心细如发,人们随便一句话一个动作,都带给她无限猜测,对于背后的企图动机,势必雪亮洞明地揪出来,暴露在天光下,如此这般,一一归纳,要对付也容易多了。譬如有一个远房堂表姑,素来不上门。可有段时期却天天报到请安,还介绍朋友。金蕊笑眯眯,不动声色,也乐得认识别的圈子的人。有几个颇为大胆,言辞间竟涉及风月床第之事,感叹深闺怨妇难为,又说青春不容蹉跎……金蕊柳眉微挑,心底响起阵阵冷笑,不见得她自己就天真无知到这个田地!如果就这样陷入色欲梦网里,她便不是杨金蕊!另说她亦是一具肉身,六欲俱全,七情皆备,但其中的厉害关键之处,非一般人能理解,只要稍一放松,随时坠入万劫不复之深渊,多少只眼睛等着看好戏,看她如何出错。金蕊淡淡的,也与他们大谈风月婚恋,语词涉及房事,当作家常事般地带过,还略举数例以做论据,她态度大方,脸色始终未变。期待她脸泛桃花娇羞不胜的有心人,未免失望。

这表姑渐渐不敢上门了。金蕊把这件事当笑话说给别人听，一方面暗示着她是正经妇人，不耻奸淫之事，而且对后来又想重施故技的亲戚，做了一番阻吓，里面蕴含深意。金蕊见人就说，又笑又叹。

她没有事解决不到的，除了玉蝉。

梅苑的伙计极少看见玉蝉。即使有，也难得一次，止于惊鸿一瞥。那时她已是一个初中女学生，穿着白衣蓝裙，齐耳直头发，绑着一条红丝带，手挽着小藤篮布包，急步上楼，身上隐隐有汗味，是妙龄少女特有的体香，一阵风掠过，让旁人惊诧不已，万万想不到金蕊的女儿到底初长成了。

大可以看得出金蕊的眼神淡漠，听得出她的语气声调没半点暖意，尽管玉蝉叫她"阿娘"，声音响亮，她最多从鼻子里发出哼哼嗯嗯，算是回应。玉蝉长得娇小，尤其在穿衣镜前直挺挺站着，由裁缝师傅量身裁衣，金蕊眼光一扫，就止不住叹道："矮！明明是我生的，怎么还这样矮？五尺还差寸半！像谁？像她的祖母吧？"煲了一锅子的花生根汤，硬是逼玉蝉喝了整个月，又说学校体育课，要特别交代老师让她多跳绳，在庭院里，也由仆妇监督着嘱咐玉蝉多跳数百下。稍有怠惰，传到金蕊耳边，就唤她进房来斥责："我是为了你的前途！相貌好，人矮，顶多是半截观音！以后白叫人嫌弃，今天你怨我，他日感激我还来不及！没人叫你缠脚，已经是好命了！女孩子谁不想嫁个好人家？"玉蝉径自默默低头站立，也不回嘴。

玉蝉的学业成绩平平，不见得出色。这一点金蕊反而没有挑剔。女子识字根本就是浪费，除非要扩大社交圈子，当作认识朋友的途径，但金蕊自恃大户人家，家规森严，绝不轻易放玉蝉出来交际。于是学校里的活动如郊游野餐打网球，统统没有她的份儿。唯有那宽敞幽深的房间是玉蝉的天地：天花板极高，吊着一顶郁金香形状的玻璃灯，墙上还嵌着一个个百合花壁灯，一开，两朵绽放；光影里还可以看见细密且开满蔷薇的墙纸，底下妆台搁着一面鹅蛋圆镜子，旁边散放着外国香水瓶子，锦盒里盛着香粉胭脂；一上了门锁，玉蝉就偷偷地搽粉抹脂，模仿好莱坞明星的打扮。她从同学借来的杂志里，看到她们穿的高贵的衣装，不胜艳羡。玉蝉把褥子的衬面拆下来，玫瑰红滑面暗花丝绒的布，套在身上，紧紧裹住，腰身下收窄，露出一双腿，当作宴会晚礼服；然后又寻出一条羽毛披肩，圈在颈边，充作狐裘大衣。她又将蚊帐卷到床顶去，吊挂着玻璃珠子，她斜躺当中，幻想自己是阿拉伯后宫被掳来的女子，惊惶万分，谁知来的竟是一个极为英俊强壮的王子，目光灼灼，她含笑带羞，不知如何是好。

一入夜，整间房就弥漫着虚幻而不真实的气氛。玉蝉揣摩男女谈情的对话，一问一答，自己与自己开始了喁喁细语，说得欢愉情浓时，轻笑不断，思绪驰骋，痴醉颠倒，不能自已，一个夜晚全是她的娇声燕语。幻想的情节发展曲折，甚至她身陷险境，差点被巫师施暴,灯影幢幢,一个黑影一步步逼近……玉蝉瞪大眼,以手掩住嘴,尖叫起来。仆妇惊醒,起初以为她在睡梦里魇着了。后来她们静心倾听,只听见玉蝉自说自话,语气音调忽低忽高,一时细语绵绵,一时婉转幽啼,彻夜未眠,直到天晓倦极,才沉沉入睡。

翌日醒来,玉蝉一如常人,不见异状。仆妇们暂不惊动金蕊,只管暗中观察。

太阳一照在头顶,玉蝉便觉得昏眩,但照样勉强上学。挨到放学,则马上锁入房内:垂下四壁帘子,遮了所有的天光,接着点上蜡烛,淡绿浅金的光焰摇曳不定,她再度走进一个绮丽的国度,身份已变成了土耳其宫女或者埃及艳后。将一串珠链缠在头上,拿了一方纱巾掩住脸孔,闭上眼,喃喃自语起来。

仆妇说她被鬼迷了。金蕊哼一声,心想世上哪有这么多孤魂野鬼,肯定是生活得太舒服,以致空虚无聊,无以自遣,才沉溺于想象的世界,只要受一点劳累,多做体力消耗,什么胡思乱想都得烟消云散。盘算多遍,只打听到有一门堂亲,住在雪州丹绒镇,离坡底约五六十条石,家里皆割树榕或守油籽芭,他们的屋子宽敞,多一人住,也不成问题,何况金蕊每次皆不会让他们空手回,现在有事相求,想必没有拒绝的道理。心意已定,就派人送讯办理。

那时抵制日货的风气颇盛。尤其是洋货店,大多不敢贩卖东洋货——学生在外吵得太厉害了。到处贴招贴,谴责日军暴行。日军"打到来"之说,间歇有闻,梅苑酒楼里的高谈阔论,每日炽烈,一时局势紧张,一时又只是听说而已。金蕊借世道太乱之故,要玉蝉收拾衣装,避去丹绒镇。玉蝉脸色苍白,怯怯地说:"学堂要上课……"金蕊不耐烦地打断她的话:"命都快保不了了,还上学堂!"不多与女儿解释,吩咐下人准备,包一辆汽车出发。

临去前,玉蝉还死死抱住童稚时的玩具鸳鸯眼。金蕊想要阻止,但终究没开口。

她不喜欢玉蝉,有时当亲友的面,笑说是"八字不合"。事实上,金蕊完全没有忘记当年的挫折,只因生下来的是女儿,便注定要憎恨她。眼前浮现起多少愚昧貌拙的妇人,庸碌无知,生儿子像下蛋一样的,偏就她不能如愿,即使贵生不要自己,也应"老来得子",享老福。可是女儿——女儿以后少不了跟一个男人离开,姓别人的姓,替他人生儿育女,而且她永远留给外面的人一个话柄:没有儿子。特别是恨金蕊的人。几乎可以想象他们的嘴脸,冷嘲热讽地说她坏事做尽,结果无人送终。对外,金蕊尽管沉住气,含笑应付,不急不躁,一踏入家门看见玉蝉,她就马上失去耐性,都是她!贵生远走他方之时,整天都听见玉蝉低啼饮泣的声音,有时坐在花荫底,有时待在栏杆旁,后来在饭桌上用餐,吃没几口,一双泪水就缓缓流下来,口唇颤抖,两眼泪汪汪地望向她。金蕊笑道:"你这是怎的?死了父亲吗?他自己不争气,不顾家,你哭什么?把眼泪留到上我的坟时才哭!没见过这样爱哭的女孩子!"玉蝉越发哭得伤心,伏在桌上不起来。

然而金蕊这次送女儿到丹绒镇,迎面而来的却是一场灾难,多年以后回想,悔恨得几欲嚼舌自尽,一次出错,满盘落索。命运大神要与世人开玩笑,其实毫无征兆,反而都由主角做决定,然后就这么一回,一切不得不改变。金蕊再厉害,也难免吃力。

四　妹缘

惜妹有时看电影,故意不选宝光戏院,宁愿挑一间较偏僻的。范舟桥总皱眉摇头——他认为她太多心,反正他在门口收票,先叫她进去坐着,一开场,他后来才到,坐在一起,还不是一样。当然,上映的片子,范舟桥老早看过十遍八遍了,主要是陪她。惜妹却觉得不悦,上班时间顺便带朋友来,好像等于假公济私,贪这一点便宜,脸上实在无光,她怕背后有人指指点点,说这女人认识戏院职员,无非想看免费电影。试过一次,惜妹如坐针毡,浑身不自在,从此绝迹不到,除非范舟桥约在另一间,否则免谈。

　　他晓得她的自尊心奇强,就算上街闲逛,她也得精心挑选一件簇新的衣裳才甘愿出去。旁人多瞄一两眼,惜妹立即敏感起来,赶快整理鬓发,检查耳环项链戴的位置是否歪斜不正了。范舟桥不出声,只是笑,惜妹发觉,淡淡解释:"没办法! 我从小被人轻视,长大了特别爱面子,不想丢脸。"难得她有自觉。惜妹记得陪着父亲到钟家去,玉蝉不过是十岁八岁,打开她的衣柜,里面一片缤纷光华流动,随便一件都是华贵无比的,想要细看,旁边的丫头妇人忙阻止,叫她别弄脏了,顿时她脸孔赤热,心里直恨自己卑微,又不自量力,她这次记住了,绝不会自取其辱。以后连玉蝉跟惜妹说话,惜妹也只问一句答一句,没有多余的话题。她在裁缝店里买了布,存了一点钱,忍不住便奢侈一下,自己买了衣料缝制起来。有一次会馆小曲班在联欢晚会献唱,她一走出来,范舟桥眼睛亮了——一套珊瑚暗绿旗袍,乍看是净色无花,但腰身微动,则闪烁起一圈圈暗花水纹,她还把头发梳在脑后,鬈发统统垂在两肩,耳边两粒玉耳环,翠光莹莹。她唱了一小节,手指尖一点,嘴角笑开了,那种端丽娟秀,说也说不出。她走下台阶,自己知道今夜正有星群明月拱照着,心里欢喜无限,毕竟是个女子,老没忘记在适当的时候,被人欣赏称羡,受人爱慕追求。范舟桥稍稍走近,扶着她的手臂,好一阵子没出声,过后才缓缓一句:"你很美。"惜妹轻笑,大概也有点陶醉了。

　　仔细地看他的脸,人中稍短,显得有点稚气,但好几天没剃胡须,下巴点点长出了青须摸上去又觉得可亲可爱。惜妹低笑:"傻佬。"范舟桥莫名其妙地应了一声:"嗯?"她打了他的手臂一记,他问:"做什么?"惜妹又打一记,笑:"痛不痛?"他两手挡着:

"你到底要做什么?"惜妹仿佛想证明,他这个人是否是真的,这个举动就连她也觉得可笑。后来他反过来问她:"穿得这么漂亮,要不要拍照?"

在街口的小照相馆拍的一张照片,竟权充为结婚照片。阿勇欲反对也反对不来,惜妹一声顶撞过去:"是我找丈夫,又不是你。"他坐在天井里,斟了一杯隔夜茶,一入口,冷冽苦涩,眼看着女儿蹲下身,收拾衣物,忽然心里一阵惘然,以前她不过是个小女孩,还挺黏着他,开始变化是在她十二三岁的时候吧?他牵着她到梅苑去,嘱咐她留在楼下等,惜妹却尾随着他到账房外,她听见父亲说:"……唐山的二伯父想要做祖先风水,来信问我拿钱,最近实在周转不来,我……"金蕊的声音打断他:"老老实实写信跟他讲!南洋又不是金山银山,你卖面也辛苦。这种事情,谁应酬得了这样多!"阿勇还在讷讷地说:"我不想他埋怨,多少年来第一次求我,身为子侄又推三阻四。"金蕊笑起来:"他失望好过你难做!做风水?唐山人吃饱饭等屎屙!什么事都想得出。"阿勇硬着头皮:"大姨,你先借我,下个月我一定还你。"金蕊睨了他一眼:"要真的还我才好……"唤管账房的先生开箱拿钱,并叫阿勇签张字据。他一一照做,回头,看见惜妹站在那儿,不禁愕然。回家的一段路程忽然变得漫长,她只陪着他走,半句话也没有说——她一定恨他。央求借钱的情形都落入她的眼里。

"我以后不会去那边。"惜妹倨傲地说。她连带也讨厌他的软弱怕事，面摊上有人故意不给钱，他也不敢去问；邻居毒打妇孺，一片吵声哭声震耳欲穿，惜妹豁一声起身，欲出门，阿勇总拦着她，叫她别多管闲事。他只不过想要安分守己，在夹缝中求生活。还是吓怕了？他知道年岁一点点走过去，一切都容不得自己，搞不好原本拥有的，又会骤然失去，像银蕊，她多久没有入梦来了？他从前去探望金蕊，还可觉着一点安慰，至少金蕊有两三分像她，但人家渐阔渐发财，脸色也变了，语气也会不一样。她简直不是她。阿勇坐在天井，太阳光红彤彤罩下来，他再喝一口冷茶，惜妹抬起头，"银蕊……"不是她。连女儿也要离开他了。他眯着眼，像要流泪，却流不出半滴。

范舟桥有个姊姊，嫁到旧街场天后庙对面的王家，是卖杂货的，既然要成家，少不了带惜妹上门，吃一顿饭当作见面礼。他的姊夫长得黑胖，人倒和气，一直称惜妹为"何姑娘"，范大姊却没怎么出声，一双眼利剪似的，来回转动，寒光锐剑。惜妹心头一凛，原本身上的旗袍料子不算单薄，她突然觉得冷得异样。范大姊夹了一块鸡骨头，搁在惜妹碗内，惜妹忙夹起来，笑道："客气，阿桥喜欢吃这个。"反放在舟桥的碗里。他不以为意，一手拎起就咬。范大姊微笑，淡淡地说："我的父母早死，我就这么一个弟弟，他做事情常常没有考虑清楚，从小我替他收拾烂摊子也不算少，有时候生气起来，讲他骂他，也不想理他。但到底是亲弟弟,我实在不放心……"惜妹坐在她对面,杂货店后面只开一盏灯,黄幽幽的灯影爬在每个人的脸上,惜妹强忍住,笑了一笑:"我倒觉人始终会长大,不能一生一世跟着家里人,何况他又不是小孩子,我相信他有自己的主张,不会不用脑筋的……"范大姊脸色一变,不知是灯光乍暗,还是怎的,只觉她惨白难看,但她装着没事,点头不迭,嘴里说着:"这就好,他会想就好。"一顿饭,那姊夫舅子交谈投契,无惊无险,而那两个女人竟言里来语里去,绵底藏针,笑里过招,眉梢眼角像有暗器飞掷。散席,她们斩钉截铁,认定彼此都怀有敌意,也一样批评对方难搞。

惜妹献议,两人搬到何清园的一间木屋,每月租钱二十元,屋后又有口井,打水也方便。范舟桥厨艺很不错,硬是霸着厨房,每次要亲自煮食,惜妹乐得不用烧火煮饭做羹汤。只是他总不愿意收拾东西,用过的东西乱掷乱放,惜妹一看见,立即拉高声音,喊他出来:"阿桥,你看。"他不情不愿地整理一下,不久便故态复萌。有时他忘了放回一个杯、没洗碗、衣服脱了没挂在钩子上,都会惹恼惜妹:夜里她放下蚊帐,却不让他上床。他一挨近床沿,她马上以脚踢:"下去!你今天不能上来睡。"范舟桥百般哀求,说夜寒露冷,地板水汽重,躺上去老来风湿,且外面蚊子奇多,叮不死人也会浑身红肿。惜妹懒洋洋的:"去求你姊姊救你!反正你最听她的话!"范舟桥叹息道:"我是最听你的话。"惜妹咯咯笑了。一掀开帐子,她坐直身子,与他约法三章。他样样柔软依从，还发誓说绝不逆旨。惜妹笑问："违反了怎么办？"他一时情急，说："那我不得好死……"她啐一声，随即心里甜丝丝的。他上来，一下子抱住了她，紧紧不放——她知道他不过是权宜之计。他是怎样的一个人，她已晓得，但嘴头上应允的誓言，也就暂时自我蒙骗，能骗多久便多久，但求自己还眷恋着他，他也仍旧喜欢她本身，是认真是糊涂，也不必去管了。

范舟桥早上要出队，就穿了一身整齐笔挺的制服，手里提着流苏簪缨的军帽，陪惜妹到裁缝店，盘桓勾留了好一阵子。惜妹坐在针车旁，脚踩动着车踏，这范舟桥则剥了一瓣橙，送给她吃，她都一一放在口里嚼了。吃完，惜妹立即问道："没有啦？口淡淡的，老是想吃东西。"他殷勤地往外跑，买来了甜酸咸辣各式零食，像蜜饯、酸梅、咸姜、沙爹鱼、酥炸青豆、鱼皮花生，还有两个碗仔糕，一个黄糖的、一个放菜脯辣酱。惜妹一看，笑骂不止，却禁不住搁下手中的剪刀针线，连忙大嚼起来。范舟桥也乖觉，分送给其他女工，随即上楼见老板娘。他低声道："我免得你难做！"惜妹口里咀嚼咬动着，来不及说他，便横着眼波白了他一下。范舟桥明白，嘴角含笑不语。她就是这点看不破、看不开，恩怨分明到这个地步，棱角尖刻难免惹人嫌。尤其是个女子，更宜广结善缘，太偏太直，只会让自己的人生道路不平坦，平添波折。但仿佛这就是惜妹可爱的地方，他因而更应该护着她，不能让她受伤害。真的难以想象，如果他一朝不在，惜妹如何面对漫天风雨。他死心塌地,当她的守护神,对于惜妹的同事和老板娘,无不敷衍得周到得体,她老父阿勇就更不用说了——范舟桥等一点半场电影放映了,就踅到面档去,笑嘻嘻地问岳父有什么可帮忙的。

惜妹嗜吃零食的习惯,一直维持到怀孕生女为止。

她分娩时颇受了些苦头。产婆频频以棉花止血,慌得范舟桥找人去请蓬莱巷的萧益勤医师上门,才化解了一场惊险。惜妹微侧着头,一额头汗珠,眼睛半开半合,似睡非睡。就在这生产后的第一个夜晚,她看见了母亲:银蕊轻手轻脚地走过来,坐在床沿,低眉一笑,关切地抚摸着惜妹的头发。惜妹乍醒,见是月光照入房内,满室淡幽幽的银白光影,刚才的一切是梦。她以为自己还是个小女孩,永远依赖着妈妈。记忆中的童年,夜里妈妈总是在梦中出现,天亮前离开。如今竟已有了骨血,一个生命从她这里开始,惜妹此刻成了真正的女人。她伸过手去,轻轻搓动着女婴的手指,婴儿的指头一下下微动着。这是她与他的女儿,一个做母亲,一个做父亲,从此他们应该更加相亲相依了。也许她会淡忘他的爱语腻言,但眼前的孩子是真的,只要中间隔着如此一个血脉相连的骨肉,两人终将彼此顾念、互相扶持。

范舟桥想起一部看过的影片《月里芙蓉》,由李绮年主演,便替女儿取名月芙。女婴出世不久,经常夜啼不止,到地母庙问神,当时的主持圣心师太,找出一张大红飞金纸,写上月芙八字,排出四柱,细看半晌,沉声道:"此人文昌照命、聪敏有慧根,只是命带刑克,可以过契给地母娘娘。二十一、二十二岁,小心在外,恐有水厄火险刑伤,宜点灯做功德化解。至于夜啼不止,是家神出现,惊动了小儿心神,宜烧衣纸于东北角。"惜妹依嘱咐做了,女婴则安然静睡至天明。那张批命红纸却压在篓箱底。流年暗换岁月飞转,范月芙的命运批语亦跟着压在箱底,即使后来有人无意间搜出来,一打开,纸片质地易碎,稍有触动,片片化作蝶影,纷纷飞散,根本难以卒读了。

五　丹绒劫

事过境迁，整个南洋马来亚的华人回忆起那三年零八个月，依旧觉得心悸——到处可听见奇惨无比的传闻，有的村落一夜之间消失，村民被屠杀殆尽，若不是有漏网之鱼，日后也无法追算旧账。八十年代电影《血的记录》一片上演了两个月，忽然唤醒了蒙尘封锁了的记忆匣子，有的不过当作危言耸听的猎奇，但绝大多数五六十岁的人却震撼一如当年——尤其是老吉隆坡，一说起日治时期的南益大厦，就不寒而栗，如今夜里仿佛仍可以隐约听到受刑的惨叫。

梅苑酒楼的钟老太太的一对孪生外孙女，据说身世来历是一个谜。有点辈分的人为存厚道，都不愿提及，只是一说到这双孪生姊妹的生母，就略停一停，叹气起来，相熟的问道："她还在吧?"在，怎么不在，然而皆不愿继续讲下去——这还是跟年轻一代闲话旧事顺带一提而已。他们老街坊老亲戚大概已晓得这个秘密,只是彼此避忌,总不正面说,即使有人谈起,却不过是秃头句子,骤起忽止,结论是这句:"要是她没有去那里,也许会好一点。"

丹绒镇大街卖冰水的桂兰姊,当年称"姊",如今也可算是婆婆了,她依稀记得玉蝉刚到镇里的情形。一辆杏黄色汽车驶到对街钟火旺家门前停下,一个摩登少女走下来,一手遮住了太阳金光,避到红毛丹树下。桂兰姊和妹妹桂香,细心打量那钟玉蝉的西装衣裙,橘红色、翻领宽肩、裙身收窄,原本就玲珑娇小的身段倒藏拙遮盖了。她们似乎觉得玉蝉不算美,嫌她脸上脂粉并不红白分明——太素太淡,吉隆坡女子不会都这样吧?桂兰姊记起的是琐屑零碎而不相关的。但谁能忘记丹绒镇头那一件轰动的大事?她像仙蝶翩翩飞来降落在这靠海小镇,之后就污泥满身,半生也飞不起来了。

日军沿着海岸线侵袭过来,起先有人在胶林目睹一大班穿草绿兵衫的萝卜头,骑脚车而过;又有人说他们是夜里偷偷从海口上岸。事后补叙,完全属于无所裨益的行为,如果真的是上天注定的劫难,相信避也避不过。消息四起,过后据说离丹绒不到二十里的村落,一番奸盗烧杀,大概只剩下不到二十个活口。然而丹绒镇神奇地保存了下来,冥冥中有主宰。镇里的妇人叹气低语,那一个个禽兽不要她们,要的是她,神差鬼使,她来了此处,为丹绒镇的女人挡去一切灾煞。

玉蝉有午睡的习惯。下午太阳炽热亮烈,照着丹绒镇大街路面一片白花花,从路口就有人传出消息,妇女无不惊惶地东躲西藏,小学后山有一些芭蕉林,当时已藏匿了好几十个女子。她远房堂叔钟火旺来不及传讯,他们竟如毒蜂蝗虫般,一队人风风火火地到了。负责寻查抗日分子的,一户户去问话;至于找花姑娘的,便只是那三四个人。事后村人议论,这也难怪那些东洋鬼子,丹绒镇里最大间的楼房就是他们家,红毛丹树吊了一根绳子,挂着属于玉蝉的旗袍,根本是明显的标志,引狼入室——最诡异的事,莫过于火旺返回家宅的那一刻。火旺的女人第一个闯进房里,唯见房里黑洞洞的,玉蝉横睡床上,露出肩膀背部,一绺黑发像蜘蛛脚一样爬在脸颊上。火旺的女人轻声叫唤,玉蝉抬头,一脸平静地说:"阿嫂,我被人强奸了。"那几个日本兵没有一刀解决她,反而跑到厨房大嚼一顿,灶头上蒸好的马友鱼和肉饼,只剩下残渣鱼骨。火旺还嗅见厅房里土地公香炉附近有尿臊味,想必是他们临走前的杰作。玉蝉活着,火旺一家喘了一口气,总算能跟金蕊做一个交代。

玉蝉毫无激动的迹象,也不哭。她稍为整理散发,就叫火旺的女人烧了开水,放在木盆里,端入房中。玉蝉跪在木盆里,不知过了多少时间也没起身。火旺的女人慌了,耳贴着墙壁,潜听动静——她竟自言自语起来。火旺的几个子女也凑上来要听,火旺的女人低喝一声。那时桂兰陪着他们进来，便走向前去，火旺的女人立即皱起眉，说："她恐怕是疯了。"桂兰是福建人，多年后转叙此事："她敢是猾（发疯）了。"猾查某（疯女人），他们以为玉蝉未让鬼子奸污前，神志已经不清。直至马来巫师上门驱魔时，局面更难以收拾了。

桂兰姊说玉蝉当时根本像无事人，过了三天才声嘶力竭地哭出来。桂兰姊亲眼看见她倒在红毛丹树下打滚狂叫，泥沙玷污了身上的衣裳。"阿叔！你在哪里？我在这里好惨啊!"到后来索性一手攀着树干，放开喉咙尖声嚎叫，如狼似虎，围在篱笆外的男女老幼，无不听得心魂悸动，胆战心惊。桂兰姊跟人说，玉蝉的一双眼睛惨绿晶蓝，一闪一闪，嘴里的白牙森森，不大像人。火旺吓坏了，去找了丹绒镇里几个有胆识的，像黑狗、阿胜、无牙公、聋耳祥，一并过去抓玉蝉。他们强装无事人，一步步走近红毛丹树下，玉蝉伏在树干上，一动也不动。火旺的女人叫了她一声"阿蝉"，她回过头来，脸孔苍白，双目无神，两眼泪流不止，仿佛又恢复了正常。那四个男人才停了脚，松了口气，但又觉得没瘾，不情不愿地蹲下，一口接一口地抽烟闲聊。黑狗一眼瞥见桂兰，心痒，笑问她几句戏言，桂兰啐一口，匆匆走了。

无牙公和聋耳祥率先离去，黑狗因为孤家寡人，闲着也是闲着，便留在火旺家吃晚饭。入暮时分，神厅里点起一盏油灯，火舌微闪，似一口一口吞噬着空气，火旺的女人搬出饭菜，一家人围着圆桌坐着。没多久，房门砰一声打开，一阵阴冷的风吹进来，玉蝉一手扶着门框，一手叉腰，眼光如电似的，一一扫遍，然后冷笑："王子呢？他在哪里？"众人面面相觑，摸不着头脑。玉蝉一个箭步向前，大拍桌子，喝道："说！他在什么地方？"火旺的女人举起双手，堆起笑劝着："并不在这儿，你先坐下，吃一碗饭再等，也没关系。"黑狗坐在那儿，不吭声，玉蝉发现了，发声问："这是谁？为什么会在这里？"正要解释，她一下子把圆桌掀倒，用力一甩，菜渣汤汁飞溅满地，盘碗碟筷哐朗声响，碎的碎、破的破。玉蝉咬着牙，拧眉瞪眼，全身孔武有力，孩子哭声震天，火旺的女人抱住其中一个小的，掩住其眼，缩在一角，黑狗和火旺一人一边，抓住玉蝉的手臂，按她倒下。她用力甩头发，一仰面，目光晶亮，直逼进他两人的瞳仁里。尖叫了一阵，开始吐口水："贱人、强奸犯！一次不够，还要第二次！死不要脸的！"他们实在管不了，拿了一条长麻绳，将玉蝉捆个动弹不得，并合力抱住，拖进房里——她的脚一直没止没休乱踢乱蹬。

火旺夫妇一夜没睡，不知怎么办才好。黑狗虽心里胆怯，到底也讲义气，他陪了两人整个晚上。当时惧怕轰炸，实行灯火管制，丹绒镇的人家索性不点灯。直到凌晨五点钟，火旺夫妇受不了，入房休息，厅里只留黑狗一人。他卧在地上，侧着身睡，双腿合并微微如弓弯起，抵御着夜里的寒气。刚闭上眼，就感觉到有人摸他的脸，一下下，徐缓有致，他不耐烦，一手拨弄，忽然觉得不对劲，一睁开眼，唯见玉蝉不知何时已蹲在他面前，她轻轻一笑："你耍弄了我之后，又想抛弃我？没这么简单，不出三天，我要你死给我看！"黑狗瞠目结舌，惊惧得嗓子几乎变哑了，喊也喊不出。玉蝉也没多说，转身便走入黑暗，像一缕幽魂。黑狗动也不动，仿佛过了很漫长的时光，他才意识到自己还有知觉，急急爬起来，不顾一切摸着黑，抽掉门闩，开门出去，没命似的跑了。

桂兰姊叙述这件事，语气间总是刻意制造一种诡异莫名的气氛，还有隔着年月的神秘感。不出三天，黑狗真的触着霉头，在胶林路口遇见日本兵查问，其他人都没事，单只是他，不理三七二十一，就被拉上了军车。有的说是捉住了，有的说是枪毙抗日分子，莫衷一是，但黑狗永远回不来了，凶多吉少，这简直是一定的。议论之后的矛头，最终指向玉蝉，她仿佛已变成了邪灵附身的魔女，语出诅咒，实时灵验，让丹绒镇的人打从心里冷出来。玉蝉时好时坏，火旺一家人不知做了什么孽，平白无故地活受罪，一个不留神，也会让她摔桌砸椅；好的时候也有，她通常静默不语地坐在红毛丹树底，目光平视远处，没有焦点，乍看是一个楚楚可怜的少女，偶尔会轻声细气地问火旺："你知道我阿叔几时回来吗？我阿娘几时接我回去？学堂还有课上吗？"他们都三言两语草草敷衍她。其实要不是沦陷时期，交通受阻，送信又困难，火旺老早把她押返吉隆坡，送还金蕊了。谁也无法忍受三更半夜仍清楚听见她喃喃忽哭忽笑的声音。

桂兰姊的嫂子介绍了一个马来巫师。那妇人住在丹绒镇五条路石外的棕油园里。火旺上门拜访时，高脚屋的门口蹲坐着一个披头巾的中年女人，她微微一笑，举起一盏甘文烟，烟气刺鼻。女巫先交给他一小瓶圣水，嘱咐务必放入玉蝉的食水或饭菜里，过了三天，邪魔的凶焰肯定大减，到时女巫便施法驱邪。火旺回去之后，暗地里行动。头一天，毫无动静；第二天，玉蝉无声无息，夜里的呓语竟没了。二日刚过，火旺的女人在厨房劈柴，手里持着的是一柄小斧，玉蝉尾随而至，猫下腰，拍了火旺的女人的肩膀一下。火旺的女人头皮微麻，但仍强装着自然，回头笑问，玉蝉笑嘻嘻地说："你到底在我的饭里放了什么？怎么有怪味的？"火旺的女人故作讶异："没有呀，我们都吃得好好的，没有什么怪味。"玉蝉冷冷地斜视着，须臾，又说道："真的吗？你没有骗我吧？要是我知道了，你小心给这柄斧头劈死！"火旺的女人心惊肉跳，低下头，只顾剖开木柴。

火旺忍无可忍，一急之下对自己的老婆说："受够了！为什么一家人要担忧受怕？她是谁？不过是远房亲戚，她老母有几分钱罢了！今天不对付她，誓不为人！"于是全力恳求女巫出马。桂兰姊回溯当年旧事，依然强调那马来妇人的法力高强，她善于解除降头、驱邪降魔，最著名的是与敌对降头师在椰林里斗法比试，降头师事后辗转床榻，饱受无名病痛折磨，长达半年才死去，此役使女巫声名大噪。她以头巾盖住头，一身寻常衣衫，随着火旺来到家门口,玉蝉早已坐在门口恭候多时。女巫对她浅笑,温言招呼,然后走过去握住玉蝉的手,玉蝉也不反抗,任由女巫紧紧抓捏,脸上神色自若,没有异样。火旺一家躲在一角窥视,心里正着急。不久,女巫退了下来,与他们提及玉蝉,摇头叹息:"我不能下手,她已经是个怀孕妇人了。"桂兰姊说到此处,不能不停了下来,另外加上自己的议论:"少了这点骨肉,玉蝉绝大可能会省了未来十多二十年的痛苦,早死早解脱,何必还留在人世?"日本鬼子统治的时期,生离死别、家财散尽,都在所难免,年过六十的,几乎皆听过匪夷所思的故事,但远不及这一则荒谬怪诞。

六　梦后泪

　　惜妹生第二胎，也是个赔钱货，范舟桥并不以为意，笑道："很可能她们是一对的，姊姊叫月芙，妹妹便叫月蓉吧。"他常搂住左右一边一个，亲吻两人的脸孔，称她们是大乔小乔。惜妹笑骂丈夫是神经病。

　　阿勇也有去探望自己的外孙女。拎了一篮子的麻油鸡、杏仁饼、鸡蛋卷，搁在门边，他喊女儿的名字。惜妹一手扶住门框，淡然一笑接过篮子。他凑向小床去看孩子——都还睡着，一个一岁多，一个尚小，并头而眠，一般的蝶睫凤目，像惜妹当年小时。阿勇低声笑道："真像你。"惜妹径自倒了一杯茶，递给父亲。他喝了一口，只觉得热，则暂放在小桌上，然而那茶烟飘飘，晃过眼前，她原来已身为人妻人母，不再是当日缠绕他膝前的憨稚女孩了。只是范舟桥不见得是个怎样有出息的人，看见殡仪

102

车队里一个吹喇叭的,阿勇当时也不敢确定是不是他——真的怕人家晓得他女儿嫁给这么一个没本事的男人。他不经意地问起,惜妹立即回答:"阿桥现在也懂得挣钱,有时候帮朋友到榴梿园拾榴梿,他有本事呢,可以分到四五篓。"果然是替丈夫说话,字里行间都在护着他。惜妹简直离自己越来越远。夜里偶尔欲与人搭腔一两句,才发现屋子空洞洞的,只剩下他一人。其实他老早应该续弦,随便一个女人日夜相对,吵吵闹闹也好,日子反而容易过。难得一次入眠,银蕊再也没有入梦相见,最后一次在半年前:她依旧年轻美丽,坐在镜台梳妆,长发披肩,以一把黄杨木梳子梳理着。阿勇叫她,银蕊回头,笑靥如花,但始终不语。他流下泪,银蕊忽地站起来,一步步走近,用手替他拭泪,低声说:"不哭,不哭,很快要到了。"像哄骗孩子一样。醒来,一脸都是泪。他并没有将这个梦告诉女儿。

月芙月蓉两姊妹睁开眼,看见惜妹,一个不禁伸出双手要抱,一个太小,止于眼睛溜溜转动。惜妹笑盈盈地抱住月芙,另一只手牵着月蓉的小手儿。她知道以后即使过得痛苦也值得——她们等于是她的宝。床头上挂着她与舟桥的合影。添加两个小女孩,也就是一家四口了。好像日子充满了金黄色的日光月影,她坐在针车旁,脚踩着车盘,轧轧声里车出了一件接一件的衣裳,云霞星汉在衣衫上流曳闪烁。

惜妹站在天光底,扬起衣,掀开了一天一地的金尘金屑,她像流落民间的织女，一心一意地与牛郎养儿育女，过着平凡夫妻的生活。她大概也明白背后不知有多少人，看不起范舟桥，她曾目睹那些人在戏院门口戏弄他，问："你老婆又生了个女儿呀？"他笑笑，不答。他们多嘴又说："替女儿取名带弟、来弟嘛！带一个弟弟回来，不然你便是整个岳父相。"惜妹一个箭步闯向前去，冷笑反讥："我看你是屎坑里生的，不是女人生的，难怪一张口这么臭！"别人见她不好惹，只有讪讪离开。

让他们议论得最多的，是在月蓉满周岁那一年。任何事发生之前，不见得没有征兆，过后回想起，桩桩件件无不充满了寓意：穿针之时，一个不留神，给针刺了一下，指尖冒出血珠；盛饭也一时手滑，范舟桥常用的鸡公碗就这样跌下去，碎成几块；甚至连窗前鸦声不断，惜妹也归纳为不祥预兆之一；月芙过契给地母娘娘之后，多少日子来从未夜啼，当时好几个晚上却梦中哭醒，惜妹还不当一回事。而月蓉刚过了周岁生日，没让范舟桥抱过几回，父女的缘分就止了。

年末雨季，阿勇家的屋顶漏水，起初也不愿去理会，只放一个痰盂盛着，夜里枕畔听着水声滴答滴答响，他入睡没多久又被吵醒，心神烦躁，但依旧一直没去处理。有一次跟女婿谈起，范舟桥嘴上便说："不要紧，不要紧，我去修补一下，保证没事。"适逢初七那天下雨，雨丝不大，舟桥扛了一架竹梯子，到旧街场火车路后面小巷口的屋子里去。阿勇在底下仰头看着，范舟桥上了梯子,伏在屋顶上找破洞。很多年之后,少数的旧街场市民,还在议论此事。范舟桥一下梯,跟阿勇站在檐前,轰一声,整个屋顶塌下来,左右邻居吓着了,跑出来看,只见一大片锌片瓦块倒压,人在底下恐怕保不住。妇人们忙着去唤男人来抢救,搬开废板断木,当中一根柱子已腐化蚀空,加上天雨连连,又有人趴在上面,一时承受不住,就这样酿成惨剧。阿勇全名何大勇,享年五十七,范舟桥才二十八岁——他们躺在地上,一身泥灰,岳婿俩双眼紧闭,嘴微张,一抬出外面,雨水一下下落在两张脸上,像温柔的手抚慰着,叫他们心安,不要牵恋。

何惜妹起初未曾大放悲声,哭爹哭娘,只是眼眶泪光盈盈,她搜尽家里的现钱,再剥下金耳环金项链,托人当断,凑足款项,走到积善堂和一位执事先生商量:"我们是穷苦人家,现在没了父亲没了丈夫……"那老先生动容不已,立即替她打点一切,主动找人捐赠两口薄棺。而平日范舟桥广结人缘,也不知多少人过来坐夜,互相谈论他的为人,都说他宁愿吃亏也要帮人,这样的年轻人想必已找不到了。请来的尼姑们,喃喃唱着"生老病死"的第四个阶段的哀歌,每一次从那柔婉低回的嗓子唱来,总是叫人分外凄伤。她看见了常鸿嫂子,由儿子搀扶着,颤巍巍地走过来,一开口,先叹了一声:"唉,惜妹啊……"惜妹忽然簌簌地掉泪,止也止不住——泪眼模糊,恍惚中回到多年前,阿勇替银蕊做忌的晚上,常鸿嫂陪着她坐在一旁,同样听着尼姑的声声诵经。一切竟像是循环回转,时光没有流逝,人生苦多乐少,死的人大概不必牵挂,活着的人反而愁断肠,照旧要面对接踵而来的每个日子。她抱住月蓉,一手拉住月芙,对着常鸿嫂子,无言凝睇。常鸿嫂眼看着当年看顾的女孩,如今已似历劫青莲,被火光烧炼,受尽苦楚,她这个老妇只能走上前,紧搂惜妹的肩头。惜妹只觉得身子一阵暖意,平日嘴硬逞强惯了,稍微受到关怀,霎时意志力松懈,呜咽起来。生命中至亲的两个男人,永远离开了,她如今确实是无父无夫,除了强忍住泪水,默默承受众人同情哀悼的目光投射,惜妹真的不能再做什么。

范舟桥的同事免费替这场丧殡奏乐。众人制服划一整齐,只是队伍里少了背大鼓的那个人,惜妹看着,特别触目伤情。丧歌悠悠吹出了序曲,她背上一阵寒凉酸麻,是阵风? 还是熟悉的音符勾起无数往事片段? 惜妹但觉那股冷意一直侵袭到鼻子、眼睛里去。送到火葬场,熊熊火影吞没了棺木,她才省悟,他们不在了。惜妹忽然想起过去丧偶的妇人,在灵前撒泼似的大哭大嚎,不顾礼数颜面,尽情狠狠地发泄一次,抽抽搭搭,泪涕模糊成一片,后来也不理任何人,只因为这天身为未亡人,哭得再厉害再凄凉,别人只有原谅,绝不会责怪——她跌跌碰碰的,最后坐倒在冰凉的洋灰地上,捶胸顿足,一声比一声大地哭喊起来。

后来听说范大姊在背后议论惜妹的不是,更力指月蓉的“脚头”不好,出生不久克死了父亲。何惜妹反正豁出去了,抱了月蓉就往范大姊的杂货店走去，当街当巷的，众目睽睽，指着那女人笑道："我的女儿克死了爸爸，如今进了你的店门，小心也会克死了你这位姑奶奶，别怪我没事先声明。"范大姊正招呼着客人，不便发作，使个眼色，叫丈夫挡阻，男人做好做歹地拉了惜妹在一边，劝道："你不好这样，大家心里都不好过，你就别听信旁人的闲言闲语，毕竟是一家人，传出去不好听……"惜妹嗤一声，声调激昂凄楚起来："一家人？是一家人就断不会说这样的话！说我女儿脚头不好？不如说我是克夫命！黑寡妇！害他原本有七十岁九十岁的福寿可享，娶我进来立刻变成短命种！"万般委屈怨恨，一下子爆发。她披散着头发，一句句骂开。月蓉受了惊，呱呱啼哭。

无聊的妇人们在街口，或站在五脚基笑看，或倚在门板观戏；有的在对面晒台架衣裳竹，未免望几眼，有的挽住小儿，拎着菜篮，也没放过机会先睹为快。窃窃私语，都在议论此事，说范大姊实在不应该，有什么事怎么不好好讲，搞到敲锣打鼓似的，平白无事，何必去招惹是非？人死如灯灭，赖在任何一个人的身上都不对！何况那也是自己的侄女，而且也不想想那范舟桥是什么人！娶到老婆，还不算祖上积德？只是没生出一个传承后代的香炉罢了，这样就分派给弟媳一个罪名？说是女儿克父？五十步笑百步，范大姊这婆娘也不是个会下蛋的母鸡，四个尽是千金……四千金。一样是赔钱货，泼出去的水。惜妹可怜是可怜，但多少人不是照样没父亲没老公？不见得人家就要撞墙死！她就这一点不好！人缘差，像歌里唱的"高窦猫儿"，鼻子朝天，骄态十足，两眼不瞧两边，注定要受点教训的。

惜妹拖着沉重的身躯，回到了木屋。月芙月蓉托人看管。她自己走进空无一人的房里，点着一盏煤油灯。睡到昏昏沉沉，就隐隐感觉有人走近身边，那人轻轻坐在床沿——惜妹低声叫起来，妈妈，妈妈，是你吗？背着灯光，那人叹了一口气。惜妹仿佛一下子找到了依靠，忍不住哭了。妈，我怎么这样命苦？银蕊捧住她的脸，以手指擦拭泪痕。惜妹，不要怨，命运已经是如此，你要站起来，不能倒下去。惜妹的泪水像永远流不完，没有止境。我愿意跟妈妈一起离开，我再也不想留在人世。银蕊摇摇头，表示不行。多少年了，母亲无数次进入她的梦中，看着她成长——其实如果她也随着步入黄泉，很可能跟母亲一样，夜夜回来探视月芙月蓉，死了照旧不放心，终究是女儿身上流着自己的血。而她听过七月的戏台，总有其中一个夜晚，是演给鬼魂看的，那种种悲欢离合的情节，让他们眷恋难舍，连带跟生前的往事挂了钩——当初也是这样，那时亦是那般。到头来也许会后悔离开俗世，空留遗恨。以前父亲就不止一次去找过乩童，跟幽冥界的母亲对谈。

拾骨当天，惜妹没带女儿去，只孤身一人前往。用了两个灰黄色的小瓮装了阿勇和范舟桥的骨骸。寄放在慈云庵之时，依然得点上香烛祭拜。午后踏出庵外,就看见三轮车停放在路侧,坐在车内的妇人折上油布帘,是姨妈金蕊——她到底还想起有这么一个外甥女。金蕊缓缓下来,叫惜妹过来,神情很忧伤;惜妹走上去,一阵大风迎面吹来,三两绺黑发横在腮边,嘴边牵起一抹凄然的笑意——世事免不了重复循环,却没想到这么快到眼前,母亲过世,金蕊上门探望的情形,历历在目,忘也忘不了。她的排场和气焰,仆婢如云,目光漠漠,没半丝笑容;向惜妹问话,也只是双眼略为朝下一瞥,语气里带着不耐烦。阿勇常认为她酷似银蕊,惜妹却毫无这种感觉——不过是个跋扈嚣张的妇人罢了。如今金蕊立在庵外路口,依旧衣着光鲜,但脑后已梳了一个髻,容色黯淡,眉间已有秋意,是个中年女人的模样了。惜妹与她说了几句,说到心酸处硬是不让泪珠掉落,忍着,不能叫她逮到自己软弱的一面,不知何时,金蕊掏出一方手帕,递给了她。她没有接受,摇摇手,一抬头,只见金蕊反而泪眼婆娑起来。

七　灯下笑

日治时代,杨金蕊最难受的倒不是东洋鬼子——梅苑酒楼从早到晚接待的汉奸,也不见得少,他们趾高气扬地走进来,呼呼喝喝,特地叫伙计捧了一些鱼翅鲍鱼等名贵佳肴上桌,招呼同行的人一块大嚼……很多时候是女人,她们一式穿着织锦旗袍,描眉画鬓,笑声放肆,最后依偎在男人胳膊上,一摇三摆地离开。从来没有付钱,总是记账。即使如此,金蕊也不以为苦,把他们当作一群蝗虫,以酒菜塞住其口,便可了事。申请良民证,也未曾怕过,她特地向人学几句日常用的日语,上局子里问话,淡淡地打几个招呼,鬼子倒有点另眼相看,说这妇人不简单。金蕊特地罩了一件老蓝灰旧的衫裤,不施脂粉,以免除麻烦。她老早就听见不少女子出入,剪短头发,穿男装短打,或索性剃头扮尼姑,可尼姑也避不了鬼子,稍长得端正就被捉去南宜三楼仓房里正法。反而马来人印度人遭毒手的并不多见。

　　一场劫难,也不懂有多少华人子弟受害,玉蝉不过是其中之一。但她被送回来时,金蕊仍然吃了一惊。她坐在贵妃榻上,一动也不动,腹部微隆。金蕊事后对身边仆妇说:"我宁愿她就这样死了,也不要她丢人现眼。"又埋怨火旺他们一家没给她堕胎,如今生下的,名副其实的孽种。火旺的女人嗫嚅地说出,玉蝉有邪魔附身,金蕊大笑,挥挥手,理也不理。玉蝉从一个妙龄女学生,变成脸黄憔悴的孕妇。也许是从小对母亲的敬畏,她的凶焰没有燃烧起来,好几个月都是呆滞无神的,躲在房里不出半步,下人总是听见玉蝉喃喃自语,只是她们早已习以为常了。也有好心肠的,去神庙求了灵符香灰,混入茶水里,给玉蝉饮服,但自此之后便开始多事。上灯时分,金蕊在神厅内用餐,玉蝉忽然从昏暗的走廊踅过来,扶住椅背,轻声地说:"我落到这步田地,你还吃得下?你究竟有没有良心?"金蕊拍案大骂:"如果你真的这样知道礼义廉耻,当初为什么不去跳井?不去上吊?——死了一了百了!"玉蝉低下头,微笑,笑得有点异样:"我要等你先死,我才会死,而且我一定要生出这肚里的杂种,丢你的脸,气死你!"金蕊想也没想,豁一声站起,凑过去,响亮地掴了一巴掌,再迅速地反手又一巴掌。玉蝉抚着脸,头低得更低,可是却咯咯嗤嗤笑出一连串来,顺手将椅子一掼,砰一声巨响。她回头看向神台,再捧起镶镜框的祖宗牌位,狠狠地往墙上一扔,登时粉碎。

金蕊气得无以复加，两边立即蹿出较为壮硕的仆妇，一下子架住玉蝉，硬硬地按倒在地；玉蝉一时受挫，尖声吼遍了厅堂："黑暗呀！亲生母亲找人来强奸自己的女儿！还要卖落青楼！"金蕊走过去，一个不提防，反被玉蝉啐了满脸唾沫。金蕊又气又恨，忙以袖子拭抹，又一个不小心，裙底金莲纤纤，闪了闪，脚踝立即扭伤了，她咬牙一起身，只觉剧痛攻心，站也站不稳了。耳边却萦回飞绕着玉蝉无止无休的谩骂、诅咒。

玉蝉被锁在房里，吵了一天一夜，一直到天晓鸡啼，才鸣金收兵。金蕊思前想后，无计可施，唯有分派人手守着大门，小心察看动静，她自己就避到梅苑去。下午休息，也就觅了一张罗汉床，摆在楼上尾房，乘机午睡。另外聘了个妇人，名叫阿娣，在左右侍候。然后又省起这时世混乱，打家劫舍、趁火打劫的暴徒比比皆是，夜里非要有人看守不可，于是借故在梅苑夜宿。底下人不禁暗地偷笑，金蕊称霸多年，气焰冲天，破天荒地竟要让步给自己的女儿，他们无不以为玉蝉疯得合时癫得有理。也有人叹道，一物治一物，武则天的克星原来是疯女儿，真是做梦也想不到。

金蕊一不在，玉蝉仿佛少了个对头，倒也清静。然而整日差遣仆婢，总在菜肴里挑骨头，时不时出些刁钻念头，没鸭子时要吃脆皮烧鸭，煲了海参又吵着要鲍翅羹。一个不顺心，一大盘菜全倒在地上，马上吩咐用人打扫得点滴不留，她冷笑道："全部捡起来，留给我那老母享用！让她吃个撑死！"玉蝉的肚子才四个月,却大得厉害,除了吃,大部分时间也就只有躺着。一进入房里,她便点灯,再找了一块红纱巾,蒙在灯上,天花板、四周墙壁,全都飘晃着红彤彤的水光幽影,又依稀是个迷离的世界。她坐在镜子前,有一刹那的清醒,禁不住流下泪来,为什么自己会这样?这一生真的毁了。过往在学堂走廊里散步,青春少女三三两两并肩而行,太阳照进来,鼻尖沁出汗珠,大家欣喜议论的是歌咏队的节目;选一个下课时间去摘一片叶子,夹在日记本里;或者相约在歌梨城餐厅吃鸡扒,另叫一个冰激凌。几个女生在一块围着,就谈论异性,然后笑成一团,娇羞脸红,心湖却荡漾波动。不会了,从此不会了。没有王子,那个下午,闯进了三个日本兵,他们一个扯开玉蝉的衣裳,狠狠地噬吻颈项乳房,一个环抱住她的腰,撕开亵衣,一个撩开裙子,把她的双腿分开,跪下来就上。玉蝉几乎昏过去,连一声救命也没有喊。她根本想不到,即使是童话故事或天方夜谭的王子,也会在床上露出赤裸裸的一面,何况是外来的侵略者。也不知多少人劝慰她,不被这帮禽兽先奸后杀,已经是不幸中的大幸,可肚里的孽种,是幸还是不幸?玉蝉从此不大爱暴露在阳光下,炽亮天光照耀,白茫茫一片,众人眼里半畏惧半带嘲讽地注视着,直叫她浑身有说不出的难受。她大半天的光阴,都盘桓在昏暗的床上,乱梦连连,偶尔可以感觉有人轻轻走近,亲吻一下她的耳垂,然后吃吃笑,走开了;又或是睡到汗湿衣背,一个翻身,竟瞥见一个白衣男人立在窗前,举手招她过来,玉蝉喊,却出不了声音。他忽远忽近,手里拿着她小时候的玩具鸳鸯眼,一根根拔出那猫儿的绒毛,玉蝉泪如雨下,叫:"不要欺负它!"那男人哼一声,把鸳鸯眼从窗口丢出去。玉蝉索性脱下衣裳,走到灯前,红幽幽的光一下子爬到她身上,像一具泛着赤红朱彤的女雕像,等着要摆上祭台。她颤抖着哀求:"怎样也行,求你,不要把我的猫儿扔掉!"

　　直到日暮,送抹身水的仆妇推门,才惊觉玉蝉一丝不挂地躺在地上。之后外间就开始流传花痴的故事,故事有几个版本。其中广为人知的是,玉蝉乘着落日时分,光着全身,走出房外,顺着楼梯,来到后院天井。蹲在一角搓洗门帘的几个妇人,一直低眉埋头,未曾发觉,玉蝉悄悄地打开角门,门外有个贩夫卖着猪肠粉,靠近黄花树下也有一档印度人卖炒豆花生,他们无意间抬起眼睛,就没再眨过一次,几疑为梦中景象,唯见一个裸身女子,坦露双乳,赤着下体,倚住门框,嘴里正在哼唱小曲。她见有人注视,便盈盈一笑,娇声问道:"喂!我好看吗?"因为这一声,惊动了洗衣妇,纷纷出来,拉玉蝉进去。于是有人传说玉蝉经过上一回的奸污,仿佛性情大变,随时宽衣解带,让男人一睹玉体。她简直不介意当一个淫女荡娃,即使有人欲侵占,想必玉蝉也不会反抗。茶馆酒楼的茶客津津乐道,不时爆出一声怪笑,低声在耳边说某某已占过便宜,哪一家子弟与她已有肌肤之亲,但永远没有人出来招供,止于听说据说而已——权当作乱世里的软性娱乐。

　　金蕊假装没听到,脸上平静得一丝迹象也看不出,照旧坐镇梅苑柜台,面对新的局面。天天有人派传单,叫坡底市民报名学习日语。反正当时摆得出阔场面的,尽是底子不完全干净的人。她反正打开店门做生意,犯不着得罪,国仇家恨的血债,也轮不到她这缠足妇人来向鬼子追讨。只恨英国红毛鬼临阵不战而降,软脚蟹一般,将整个马来半岛如此轻易双手奉上,而新加坡被改为昭南岛。"大东亚共荣圈"之类的新名词,金蕊听得耳朵生茧,可也不及玉蝉的丑事可厌可恨。她其实巴不得把背后指指点点的人——凌迟致死,免得让自己脸上无光。金蕊不止一次对亲戚说:"家门不幸,如果老爷泉下有知,肯定死不瞑目。"

　　她认识一个经常出入南益大楼的彭先生,极有人面,跟日本鬼子也熟,逢周末总是一家人来叫一席酒菜,金蕊堆上笑脸,刻意当着众人与之周旋。然后就在人前人后说起,以示结识了有势人士——以前学会的功夫总算没有白费。过去的红毛人,如今的走狗汉奸,谈不上是见风转舵,但身处这种时世,寻找一张护身符也不过分。金蕊特地画了一面日本红药膏似的旗帜,悬在酒楼的天台顶。旁人见她如此积极,不禁瞠目结舌,连带玉蝉的花痴传闻一并自动消失。人们训练有素,早知道自己同胞并不同心,往往出卖别人,眉头不皱,眼也不眨一下,牺牲一两个亲友,实在不算什么。在未来的日子,金蕊乐得耳根清净,至少那一批人不敢在她面前嚼舌根放厥词。她叫阿娣登上凳子，挂了一盏水晶垂璎灯，接上电源，银光灿烂，满室珠影星芒游走。她点上一根烟，抽了一口，夹在指际，之后轻轻一笑，无限满足——没错，有女儿等于没女儿。除她之外的人士，大概也没有不恨她的，还有那一些同行：兆庆酒家、黄树记、陈氏茶楼、天德香……背后的千万种咒骂，几乎可以想象。谁都说她不按牌理出牌，损人不必利己。

　　怎能怪人家恨她？梅苑的厨房永远可以找到最廉宜的翅鲍参燕，即使像这样的非常时期，金蕊依然有办法让货源不断。她知道有人的地方，总少不了后门，少不了金钱——金蕊像一个走惯小道小巷的狗儿，轻易地嗅见熟悉的气息，一步步追踪，不会没有门路。如今她抱住膝盖，直坐在贵妃榻上，世移事迁，她懂得用一双较大的绣花鞋掩盖自己的小脚。把长发铰短，叫一个会烫发的表亲上门，替她烫了波浪微皱的小卷发，穿上细花点唐装衫裤，看来自有某种老于世故不形于色的雍容。她不相信玉蝉会折磨自己一辈子。她能够沉着气等待，玉蝉总有一天完全疯掉——半世岁月，金蕊最错的事是把她生出来，生出一块砸自己脚的石头。然而流年暗换，时代变迁，日军统治不过是一劫，她稳住了脚，还有什么难事不能度过的？金蕊一笑，拎了一壶烧酒，仰首饮尽。仿佛可以断定：一百年后，她还会坐在同样地方，含笑地喝着醇酒。灯光里，烟光里，一双眼，似笑非笑。

八　家常话

　　月芙童年的趣事一直让惜妹牢记不忘:才四岁,便乖乖地坐在门口看《八仙过海》连环画;看完了又意犹未尽,还找出来一张张旧历纸,反面空白处都用铅笔画上八仙图像;有人问她懂什么是八仙,月芙立即正色道:"这是吕洞宾,手上拿的是宝剑;旁边那一个是何仙姑,另外一个是蓝采和……"惜妹为她的聪慧而感到欣慰,但一念及她自小无父,忍不住就有一丝酸楚。旁人也常淡叹一声:"可惜呀,舟桥阿哥是个好人。"也不知是谁找来一册《唐诗三百首》,月芙如获至宝地搁在枕头底,一有空,便取出来背诵,遇到不认识的字,月芙一个人走到桂南杂货店一侧的杂报摊上去,唤了一声阿斌哥,里边即踱出一个穿白背心的短发少年,笑嘻嘻地替她解决疑难。多年后,这一带的市民大多记得有这么一个女神童。后来惜妹辞去车衣工作,接了亡父的面档,天天在水罗松街口摆卖，而月芙跟在身后，帮忙捧面、抹桌，甚至收钱。有人故意作弄她："我给你一元钱，应该找回我多少？"月芙理直气壮地说："你叫了两碗小的，是四毛钱，我该给回你六角，对不对？"声音娇嫩，但已有小大人成熟的风范，叫人惊叹。

月蓉却一如常人，没有特别的征兆，然而以后成为浪漫多情的女性，竟是始料不及的事。她比月芙美，脸色极为雪白，睫毛浓重，垂下微翘，如一小扇，且睛似点漆，大人一拍掌逗引，她便迅速地回眸仰盼，咯咯笑起来。月蓉颇久才学会说话，而音不大准，咿咿哎哎，有时急了，双臂挥舞，一句也说不出，只呀呀直叫。月芙找出一块小冰糖，放进月蓉的嘴，她马上尝到了难得的甜味，喜滋滋地开怀畅笑——惜妹要到死的那一天，才能抹去这一切美好的记忆，她们都是从自己身体里出来的生命，是快乐的泉源，几乎需要尽一生的力量来保护她们。惜妹累了一整天，眼见姊妹两人并头而睡，她倒可以痴痴地看个老半天。

四十四年三月，还是日本鬼子的时代，惜妹看着女儿，上去千代影楼，门口挂着一帧帧穿和服拍摄的仕女照片，那一道木梯盘旋而上，经过了一步步的昏暗，推开门，她才喘一口气。惜妹一心想拍张合影，纪念这一段岁月——只要再过些时候，孩子就会长高，面貌神情也会跟着改变，或许连眉眼笑靥的那一点天真可爱亦荡然无存。但经过这次之后，她们母女三人再没有合照过。

照片里的惜妹保留了当日的绮年玉貌,穿上了珊瑚绿旗袍,腰仍旧是杨柳细腰,但身边却少了个范舟桥。她一手抱住月蓉,另一手牵着月芙,三对眼睛殷殷望向镜头,未来的命运像是在前面等着,一切都是未知数。然而,也就因为外面水深火热的此刻,多少妻离子散骨肉分离,身外物与亲人几乎不能长留身旁,今天不知明天事。她就从此与女儿相依为命了。如今根本不再到会馆去练唱,嗓子仿佛是泣了血的杜鹃,变得喑哑无声。之前有人游说惜妹到"大东亚同乐歌台"客串,她一概拒绝,照样日常地开档,吃力地打面做料,生火烧汤,继承阿勇的营生,连过去学就的裁缝功夫也弃之不用。那时有能力光顾裁缝店、大量裁制新衣的,无非是那群出入大东亚高级俱乐部的太太们,或者是以货腰为生的舞女交际花,犯不着去招惹。

她也听见别人在说金蕊的坏话,措辞极为恶毒:堂堂一个钟家女主人竟也当起鬼子的走狗,把亲生女儿奉上去任由摆布。这时期梅苑酒楼赚取的每一个钱,都是"礼义廉",单缺一个耻,无耻。换作过去,惜妹肯定冷笑连连,加插一把嘴,跟着一起痛骂;如今她觉得金蕊到底是有一套自己的生存法则,一个女人撑着半边天,不简单,不会只靠那几个下三烂的招数,何况玉蝉被奸成孕一事,分明是在丹绒镇发生的——有心人移花接木偷梁换柱,将它算在金蕊的头上。即使金蕊再恨女儿,也不至于如此。

玉蝉生了那对孪生女婴，惜妹煮了半锅鸡酒，登门探望。金蕊只淡淡一阵风似的，走进房里逗留片刻，低眉俯视自己的外孙女，以手指轻托她们的脸蛋，两人如小猫般娇小，小面孔一模一样，分不出谁是姊谁是妹。据产婆说，那右边有双眼皮的，是姐姐；左边那个哭声较响，是妹妹，大概是不高兴前边的姊姊阻挠了自己出来的时辰，差整七分钟，一哭不可收拾，迟了这么一点，竟恼怨得什么似的，手足挥舞，竟踢到旁边的姊姊，也跟着嚎成一片了。这一年，金蕊四十岁，当上了外婆，她对着惜妹叹了一口气："不是姊妹，也不会结怨仇。你母亲就恨了我大半辈子。"惜妹无语，只见白纱罗帐垂落，玉蝉侧睡，心里倒想：若不是至亲骨肉，也是做不成冤家，前世有过节，今生才来了断。金蕊有些话，隐去不提，尤其惜妹是后辈，说来无益——早在唐山，她的杨家就多让人讥为"杨门女将"，男丁薄弱，即使有，也活不长，金蕊银蕊那一支有两个兄弟，不到十岁便苗夭根折。上一代已有招赘之例了，转到金蕊姊妹的父亲，据说是姓严的，招进来三十岁刚出头，竟患疟疾而死，母守寡三年亦郁郁而殁，真的有所谓的"寡妇命"。杨门十二寡妇出征。年轻时，金蕊乐得把这些当作故事听，但越久越觉得寒飕飕，是一股来年隔代的阴风，无时无日地吹过来。家里的女人和她们的女儿，一生与子息无缘，纵使离乡离土，也逃不了类似的诅咒。时间愈长久，愈能证实预言的准确。眼前三代女儿身，金蕊自己、玉蝉、一对双生花；过世的银蕊、惜妹、月芙与月蓉。难以想象再过五十年,会发生什么事。从杨门孤寡的命运行列里走出了两位姊妹,落籍南洋,但几乎离不开天罗地网——金蕊当初一生下玉蝉,恨得咬碎银牙摧肝裂肺,照样没资格捧香炉。

金蕊轻声喟叹。惜妹弯下腰,探看那两个女婴,就连当日年幼的女童,今日也变成历劫妇人。金蕊深深望了惜妹一眼:她不像玉蝉,如果能够交换,她宁愿惜妹是自己的女儿,就算过去她知道这外甥女眼角里尽是淡漠和蔑视,若是一般人,巴不得放低身段来奉承了。她记得跟阿勇说过:"你那惜妹,一张脸黑得像铁板,臭得有如全天下人得罪她似的。"年岁渐长,开始明白值得尊敬的往往是不愿向自己就范的人,只因为有了那点脾气,那点傲骨,硬是和笑嘻嘻簇拥膝前的马屁精不同。而玉蝉半疯半痴,乍笑乍啼,与废人没什么两样。于是便想惜妹留在身边帮忙。

话到唇边,金蕊想了想,也没出声,就离开了。

玉蝉悠悠地醒来,见惜妹站在面前,难得这下午头脑清醒正常,缓缓地叫了句:"表姊。"惜妹忙应了一声,走过去扶她起来,玉蝉摇摇头,只叠高枕头,撑起腰骨,一手握着惜妹的手掌,一阵温热,是人身上的暖意。多久了,她沾也没沾过,许久没见面,想不到她落到这种田地,惜妹还会来看她。玉蝉千言万语,突然有个冲动,想全部告诉惜妹,但又从何说起?头绪无从整理。而窗洞的日头光穿过来,窗门没罩上红纱,光影不再红幽幽,只是一片微黄淡金的薄光,光里有尘埃浮动,一切似渺茫难寻,却又是很真实的。玉蝉以掌捂住脸,饮泣了一会儿,然后抬起头,凄然一笑:"我想我这一生,算走完了……"惜妹抚着她的肩,安慰道:"不会的,你不能这么想……"泪珠不争气,竟有好几颗在眼眶欲滴未滴,唯有强忍着。

无数年过去了,经过的事有多少说得清?惜妹与玉蝉坐在下午的房间里,太阳的光照在她们头上脸上,映着泪影;低语絮絮,杂着哭腔呜咽,或间歇地沉默相对;当中的前因后果,有的说了个开头,有的只提了后半截,或者叙述到了中段,再也讲不下去。一生中掏心的机会太少,有此一次,大概也足够抚平部分伤痛——能说则说,可以哭的尽管哭个痛快,以后也许永远不再有机会了。

九 月白蝉翼

以后他们一提起玉蝉的名字,脸色微微一变,嘴角或许还带着笑,然而多半是不谙内情的外人问及,没想到有什么忌讳。只是聊起钟蝶芬钟黛芳这对双生姊妹花,免不了顺带略提几句:"她也可怜……"对话皆是以此句收场。玉蝉在丹绒镇里的那段过去,变成了不可揭开的一页,或者成为像桂兰姊口中所叙述的,等于是一则乡野怪谈,依旧有人相信玉蝉有邪灵附身,甚至那几位玷污了她的日本兵,据说不久就在胶林里被抗日游击队狙杀——传扬开去,是报应不爽的道德故事。类似的传闻,遍布整个半岛的小埠小镇,仿佛没有显示一点天理昭昭,便不能洗清人们三年零八个月所受的苦难。

玉蝉生下女儿后,清醒了一阵子——每每吵着要回学堂念书,金蕊索性由着她。但去了学堂不到一个月,她反而受不了,自动开始怠惰起来，躲在房里不出来。仆妇走近窗前，一如既往，准会听见她近乎梦呓的自言自语，一会儿笑一会儿喃喃细说，她们悄悄地抱起了蝶芬黛芳，放在金蕊房外的一间小厅里，以屏风隔起。另外物色一名奶妈来喂食。之后，也有人言之凿凿，说亲眼见过玉蝉出来交朋友，和一个男子走得很近；也有人驳斥这绝非事实，金蕊的为人怎能容许女儿乱来；更有一些人以为玉蝉是青春期压抑过度，以致失常，如若她重新享有男欢女爱，可能会痊愈也说不定。众说纷纭，一切话题回到这种零碎是非之时，已经是在日军投降之后，很久的事了。一场噩梦，能忘记的，最好选择忘记。只是从此大家都不相信英国红毛鬼了。没有当事人证实，始终归纳为"传闻"。熟人总是暗地里散播着听来的秘密，每一件都是惊人内幕，但尾声少不了加上"我也是听来的"这一行批注，以便卸去责任。"她家里请医生嘛……"人们的笑容仿佛也带着一丝诡异，大概连他们自己心里也惴惴难安。是精神病医生。不懂金蕊通过什么门路，托请到这么一个专科医师。偶尔一个巧合，他们遇上了对的时候，便会看见有个白袍男子，挽着公文包，在钟家门口等待底下人的通传。眼尖的，倒认得出是旧街场云来酒庄老冯的大儿子，万万想不到竟成了医生。

　　玉蝉躺在床上，看着他慢悠悠地走过来，柔声问道："夜里睡得好吗？梦见什么？"她浅浅一笑，久久不回答。他倒了杯开水，拿了两粒白色药丸,向玉蝉示意,要她服下。玉蝉摇头,然后低声地说:"我看见阿叔……"他想必不晓得阿叔是她的父亲,只管静静听着。玉蝉说,阿叔在庭院里开着留声机,他教着一群女子跳舞,华尔兹、狐步;一大片裙裾翻飞开来,像荷叶亭亭,又似绣球花怒放;她叫着阿叔,他没察觉,只跟一个个衣光赛雪的女子,一圈圈地转动起舞。忽然一阵伤感,她哭了,仰起头来:"阿叔为什么不理我?"那年轻的医生,如哄一个年幼的女孩:"他会的,迟一点他就会……"玉蝉拭去眼泪,转过身去,从镜台上的花瓶里抽出一枝蔷薇来,递给他——那花瓣边沿已有狗牙状的焦黑,快要枯萎。她微笑:"送给你。"医生拿着蔷薇花,凑到鼻端去嗅,一股子冷香攻上来。玉蝉咬着指甲,望着他,然后又说:"谢谢你。"他不解,问了一句:"什么?"玉蝉咯咯笑了,好像无限欢愉畅快。过了一会儿,她才用手指贴近唇边,嘘了一声,小声地在他耳边说:"不要出声呀!你这么好的人,小心别人妒忌……"她站起来,给灯蒙上一面红纱巾,红光彤影里,连蔷薇的红也变得像落进灯色之中。他镇定地含笑,玉蝉撩鬓回眸,笑道:"你看过安徒生写的童话吗?你就是那闯入古堡的王子呢!"他以为她对自己已有了信赖,便开了药,吩咐她定时服食。

据医疗所护士们说,每到黄昏时分,就有一位打扮入时的小姐款款前来,询问冯医生下班了没有。基于女性角度的观察,她们首先就注意到她烫了极为摩登的头发,额前的梳上去,脑后的则松松卷卷地披挂下来,描眉画鬓,芳香扑鼻;身上是枣红色洋套装,穿高跟鞋,但个子娇小,声音倒是清脆娇嫩,为人极有礼貌。冯医生出来,惊讶不已,可到底也请她进他的房间里坐。螺旋式嵌花砖的楼梯,很斜很陡,他细心地扶着她的手,说了声小心。一级级走上去,壁上安装着灯,石级一角置放一盆绿色植物,不知是什么名堂,一人幅叶子披张伸开,灯色照下来影影绰绰,恍惚有人的指爪被缓缓放大了。玉蝉笑道:"这就是你的办公房吗?"他点点头。房门是桃花心木镶着毛玻璃,扭开门把,可以闻到药水的味道,白布屏风静默地挡在后边。玉蝉一屁股坐下,笑意殷殷,只望着冯医生。他顺口问道:"这几天睡得还好吧?"她侧着头,过了一会,叹口气:"不好呢,天天做梦……"然后走到窗前,用手指拨动百叶窗帘,他不由自主走过去,叫了她一声。玉蝉转过身,一脸泪痕,低低地说:"好可怕,我梦见我被囚禁在监牢里,没有人来看我……"一下子偎偎在他的身上,两手紧抱住他。脑袋里忽然像有什么东西断了,一时接不上,一片空白,他无措地站在那儿,很久很久。

云来酒庄冯家的伙计见过玉蝉好几次。每一次,她都独自一人来到店里,说是要好一点的酒。他们见是个极体面的大户闺秀,忙安排她到内厅,端了一个青花如意瓷坐垫,奉上一杯香茗。玉蝉也不急,对着一瓶瓶一坛坛美酒醇酿,细细地挑选,偶尔问一两句酒的出产地,试饮了好几种。随便选了三两瓶,她便闲闲地问起："你们家哪一个少爷是学医的？娶了亲没有？"不知就里的，也就一一答了。玉蝉满意，离开了酒庄，留下香风一阵。事后，伙计们才知道她是梅苑杨金蕊的女儿，一切底细暴露无遗，冯家两老获悉，觉得无稽，但听过就算了，也不曾理会。

后来这个笑话仿佛越闹越大，大概冯家发觉了事态严重，劝诫长子以后不必再去见她了。

而玉蝉做了一件大红褂裙，一有空，立即穿在身上，在镜前照个不已，不久又有人上门送了个锦盒，玉蝉喜不自胜地签了单付了钱，急急地捧入房里，砰一声，关上门。仆妇伏在窗洞窥看，惊见玉蝉坐在床头，已装扮成一位白纱新娘。她们忍不住叫唤玉蝉开门，玉蝉没有开，自己却一来一往，对起话来——我要结婚了，下礼拜他就会派人来接我。恭喜你呀，那么蝶芬黛芳怎么办？你们跟我妈妈说，叫她照顾她们吧，我嫁了，她也应该高兴，终于有男人肯要我了。……说着说着，玉蝉眼睛泛红，流下泪，低下头来擦拭。须臾，抬起头，嫣然一笑，问道："外边有玫瑰花吗？采一束给我，举行婚礼用得着。"仆妇们不敢搭腔，悄悄离开窗口，各自散了，有的只管叹息，有的悄悄报告金蕊，不敢隐瞒。

冯家的人也派人通知金蕊，要她好好管束女儿。竟得"恨嫁恨到发烧，变成花痴"之讥，金蕊一听就气，虽说玉蝉有病，且白璧有瑕，但终究是钟家淑女，就这么低贱无耻地任由别人践踏？然而这事一天不处理，就一天落人话柄。钟家的仆妇几乎都不会忘记那一天,她们看着玉蝉打扮得粉白脂红,照旧穿着那一身白婚纱裙,只因为穿的次数过多,纱裙已蒙上暗暗的一层灰。她坐在天井的荷花缸一侧,身边是大大小小的行李箱,准备一出门就不回来,她等着冯医生来接,等得不耐烦了,索性吃起瓜子。天井地里散遍了开了口的瓜子壳。金蕊由丫头搀扶,一步步蹀出来,她目光巡过地面,不禁眉头微蹙,可沉着气,不愿出口坏事。玉蝉在那儿喊道:"他怎么还没来? 妈妈是不是收人家高价的聘金? 吓得人家不敢上门?"金蕊一概不应,一挥手,丫头们马上端了椅子让她坐下。然后淡淡问道:"玉蝉,你几岁了? 你什么时候才愿意醒来?"玉蝉狐疑了,警惕地退后几步:"醒什么醒? 你说什么话? 我找到好归宿,你又眼红了? 想破坏我,是不是?"金蕊冷笑:"有好归宿,我会阻挡你? 最好你有多远嫁多远,别给我丢人现眼!"玉蝉哼一声,反唇相讥:"阿叔就是让你赶走的! 从此不回来了! 你一个人霸占全家,抱着你的钱过一生! 我告诉你,你以后会死得很惨……"明知道玉蝉是胡诌乱扯,做不了准,可是金蕊恨得两条胳臂也酸软了,一切也顾不了,颤晃晃地站起来,顺手提起一根门闩子,想要扔过去,却无力一掷。

玉蝉远远地睇了母亲一眼,笑意里带着藐视与不屑。金蕊放下门闩。倒吁了一口气,只唤人捧茶上来。茶烟缭绕里,她突然觉得这地方大了一倍,原来这座宅子除了仆人,只住了她们母女俩和一对孪生女，贵生那一年离去后，怕是永远不回来了，她不守寡也等于守寡。战后酒楼业方兴未艾，稍有点资格的都要敬她三分，刚入行的更不必说了，在男人的王国里插上了一脚，好比挂上了自己名字的旗号，是胜利的象征，家庭绝对是个累赘，她不能让玉蝉牵绊着。长期的瞎闹，总有一天，自己也会疯了。她曾听说有个远房亲戚，在芦骨那一带开杂货店的，他们家有个大儿子，十多年来被关在笼子里，小儿手臂粗的铁链锁住笼门，有时候一个不小心，还会被他逃脱，不关不行。晓得内情的，大概也不会去问，且将心比心，不这么做，又能如何？金蕊苦涩地笑了。

蝶芬黛芳两姊妹几乎没见过母亲。养到四五岁的时候，她们偷溜进玉蝉的房里，以搜寻衣橱的衣物为乐，一件件过大的裙子往身上比试，终于找到了一套灰扑扑的新娘礼服，蝶芬惊讶了一阵，黛芳却立刻尖叫起来，欢天喜地地要扮小新娘。白纱衣裙一扬，漫天尘埃，在窗光下狂舞乱飞。后来仆妇发现了，叱喝她们赶快出去，不可留在里面。

也许她们曾见过玉蝉而不晓得。那是一九五〇年七月的一个早上，天气冷得异样，蝶芬黛芳并头而睡，却被人声惊醒，双双扭开门儿，从门缝偷看，见走廊里来了两个白袍男子，正挽着一个女人，一步步拖沓地踱着。不知为什么，女人回过头，微微一笑，姊妹俩头皮发麻……以后忘也忘不了。她们并不知道这是最后一次看见生母。

这对双生花，自幼顽劣，性情好动得不像女孩，园里的花朵草儿，没有不被她们采过踏遍的，事后就像暴风肆虐的灾场；厅堂里的字画大都残缺不全，不然便是添上她们的签名涂鸦；即使是一只小猫，两个人也争得面红耳赤，每每扭打起来，哭闹成一团。丫头忙分开她们——不是蝶芬瞪目咬牙切齿地说要报仇，就是黛芳双眼冒火声声欲取对方的命，仿佛前世宿敌，皆有了不完的恩怨，今生竟然化为孪生姊妹，似乎要斗争一生才能甘心。但没一会儿，又亲亲热热叫起对方的名，一起去搞破坏，打屋子里任何一样东西的主意，拆开研究，然后摔掉。金蕊吩咐仆妇们人手一根藤鞭，一有忤逆，尽可痛打不理——只是两人的皮子极韧极硬，成了习惯，反而一点也不见怕，到最后连哭也欠奉，死咬着牙，一声不吭，就让她们一鞭接一鞭咻咻不停地抽打在身上。

都说蝶芬脸色雪白，黛芳较为黝黑，一般的眉目如画，再小也是个美人坯子，挨起打来，两人一样的蹙眉闭眼，咬着牙关，一颗泪珠也没有掉下来。仆妇们暗地里骂两人是"妖精""杂种"……其实她们根本就有日本鬼子的血统，性情乖张，仿佛很应当应分似的。

第三卷　月映芙蓉

一　一枝花之月芙

　　十二岁那年，范月芙买了本二寸厚的硬皮单线簿子，当作日记簿，每一个夜晚，躲在被窝里书写，有些是生活点滴的灵思妙想，有些是故作闲愁的笔调，更多的是对阿斌哥的种种幻想……多年后，她承认喜欢他，却不能确定他是否知道，只因为月芙老是一丝不露。阿斌大概没有多想，两人闲聊都脱不出阅读的范围——争论狄更斯的《双城记》，可以花去整个下午。日记簿所写的思情爱恋越是深入，月芙越是不愿表态，每日若无其事地走到书报摊，瞥见阿斌搬了一箱箱的书进里面去，又扫了地，叠好杂志，然后在柜面上趴着做功课，倦了以手臂枕着头沉沉大睡，嘴微张，唾液湿了作业簿子……月芙回去全记在本子里，一个动作，一个神情，处处关情，落笔总是围绕着他，像卫星围着恒星转圈子。

如果那个年代有所谓的神童,水罗松一带的人都会记得范月芙。

　　母亲惜妹卖面,月芙就在旁边学收钱,再复杂的数目,也会让她计算出来。月芙在八岁前已经将十二十三的乘法表倒背如流,随便一问,相乘的数字答案又快又准。当时她入学,比同龄的孩子略迟,可是老师却被她的表现吓坏了。

　　月芙并不丑,但偏向于冷,没有惹人遐思的娇俏,长大后出风头的是另一个人。

二　一枝花之月蓉

总有人不能忘却范月蓉的美貌。

水罗松一带的少年,于街巷市井穿游嬉戏,在人家屋后洋灰地里玩弹珠,或在店铺五脚基与人比赛劈拖鞋,又或三三两两咬着水草,蹲在凉茶店外,以口哨撩拨路过的女子。月蓉一走过,水罗松的轻薄少年几乎静默了片刻,之后才如梦初醒,用连连撮嘴哨声来向女神致敬……月蓉回眸一笑,肌光如玉般温润,似月色冰莹,凤目樱唇梨窝浅浅,仿佛所有人都惊觉她在对着自己深情含笑。少年痴狂起来,一队人跟着她走遍了一条街,月蓉竟不以为忤,任由他们尾随。她甚至有意地拉长时间,特地在斌哥的书报摊翻一阵子杂志,然后倚在砖柱上,挥手叫停了卖冰激凌的三轮车,走上前去,抱着自己的胳膊选雪条。跟踪的少年剩下三个,伫立在对面留意着月蓉。她拈了一支碧绿色酸柑味道的,咬了一口,回头笑道:"谁替我付钱呀?"

月蓉有时到惜妹摊上帮忙,座中也少不了别人的目光流连。有一次,一个二十岁出头的男子叫了碗面,月蓉就捧过来给他,一见了她,男子不禁怔住,那碗汤面袅袅地升起热烟,烟光里唯见月蓉的背影,她一回身,眉目含春,笑窝隐隐。那男的怕她发觉,只好低下头,她走过,又忍不住凝眸细看。

没有想到他竟尾随而至。月蓉口淡,欲吃点甜的,径直走到太阳宫后巷的聋耳老王糖水档,怎料到老王休息,没有开,白来一趟了。咬牙暗叹,抬眼,云光乍亮,前面有个人站住,看清楚,是刚才那吃面的男子,他嗫嚅地说:"你叫什么名字?"月蓉诧笑:"我为什么要告诉你?"男子不好意思地笑了,也许脸皮薄,不敢再问下去了。月蓉见他如此,倒笑着问道:"你呢? 叫什么名字?"他老老实实回答:"周良池。"

三 戏姻缘

她没有忘记那时常到街口的元昌书报摊找阿斌哥。

惜妹牵着她到摊子旁边,这女童月芙就捡了本《红楼梦连环图·晴雯之死》,蹲坐了一个漫长下午。惜妹催她快回家,她忽然抬起头,双眼澄然,说:"这本书太有意思了,我要看完才回去。"在场的人听见,无不诧异。

可阿斌的父母却欢喜不已,与月芙很是投缘,从此竟让她天天免费看书。

后来月芙想起,是自己习惯了阿斌哥的存在,如空气里的汗酸气,穿上塔标白背心,白净脸孔,笑的时候有深深酒窝,是那种少年的可爱。偶尔两人还一来一往地将故事书里的情节道出,做个比赛,看谁记得清楚。

阿斌妈妈曾笑嘻嘻和月芙打趣："嫁给阿斌,整个摊子的书报统统让你看,好不好?"月芙点头,猛说:"好!"大家都笑了。以后就叫她阿斌的老婆。

那一年,阿斌哥十九岁,月芙才九岁,双双坐在木头箱子上埋头看书。一九六二年月芙二十岁,还很年轻,有许多的机会走错路再回头;月蓉则更年轻,如果是玫瑰,才不过是半开玫瑰,仍未占尽十分春光,却已一心成为男子钟爱的对象,以此当作一辈子的事业。

月蓉劝月芙多做几件旗袍,月芙摇头:"我又不是衣架子。"

月蓉从镜子边,捡起一件,往身上比着,珊瑚绿的亮片,微微地一闪一亮,如在海底幽怨的歌唱,又似模糊的泪光,闪烁不定。月蓉笑道:"这是妈妈的旧衣裳呢。"

月芙才省起母亲从前哼唱低吟的所谓平喉小曲,都是些浮艳词曲,萎靡颓废,是上一个年代的过时产物了。月芙不像月蓉,整天腻在妈妈的身边学唱,她根本不屑这些沉在时光海底的前朝小唱。花愁玉惨情意绵绵的曲子,大半腐人心志,消磨青年的雄心壮志。又或月蓉常看的通俗小说,什么《泣血鹃魂》《金粉蝶痕》……她也不忘批评两句:"毫无价值可言,难怪我们马来亚的华人女性如此庸俗不堪!"月蓉懒得辩驳,任由她叨絮不断,诲人不倦,充当女界的先驱。

偶尔戏弄她："学府是老处女的大本营,莫非你也想成为一分子?"月芙板着脸孔,一声不吭,不然就把矛头指向妹妹："才不学你一心当个情海大士,普度众生!可惜我身边少了个观音兵,任我差遣。"

之后,月芙搬出去,住在学校附近,姊妹俩从此很少见面。

四　初上场

一盏微黄的灯眨了一下，仿佛电力不足。

垫有玻璃的桌案横摆着，后边端坐着红衣女士，一手托住微微发福的脸庞，一手握着钢笔，轻敲桌面，铮铮作响。

月芙发现有几幅字画，画中都没有忘记题上丘品操校长的字样。

红衣女士顿了一顿，还是说了："我是很民主的，只是学校办公室是非多，范老师最好少管为妙。"女士忽然轻轻一笑："若是听见有关我的传言，请你第一时间通知，我可认识不少人呢。"那时节，学校经常有读书会，往往由所谓的职业学生主持——他们总是少不了派一些人马到此散播思想，难怪她要谨慎至此。

月芙头皮发麻，头顶的暗黄灯影一闪一亮，掠过那一幅幅墨梅彩荷花鸟山水，都有如走进黄昏时分，山壁投射的阴影，看清楚,才晓得是丘品操身后的影子。

出了办公室,天色还早,黯蓝阴灰,校园里看得并不真切,只是耳边响起一片虫声,嘈切絮絮,也不懂埋伏在何处。走到转角,却见两株棕榈树阔肥的大叶,没忌惮地张开,挡在中间,月芙吓了一跳,手臂登时一阵寒意,原来有人用指尖碰了她一下,昏暗灯光下,唯见那人穿了件旗袍,笑道:"你一定是新来的范老师了。"月芙却不忘以笑相应。这女老师自称是梁素珍,非常热心地领着她到办公室去。走廊上学生步履声来回响起,迎面则声声梁老师不绝,梁素珍一律领首而已,笔直地走着。

梁素珍瘦,一张脸孔木木挂下来,两腮无肉,一双吊梢眼倒是眼角微扬,好像戏台旦角绑头巾过紧,硬生生将眼珠子嵌在两边,笑起来很亲切,笑容凝定时,眼珠子闪烁不定……后来月芙才晓得,她进来崇元,跟误入荒庙没有分别,像那静悄悄飞跌在罗网的黄蜂,黏在神幡一角,欲振乏力。

梁素珍很愿意当月芙的拐杖,一规一矩必细细道来:如何申请班上清洁用具,怎样与油印室的老张套交情,可以预先印一份讲义;施小恩小惠给扫地女工金姊,央她在自己教室外的走廊多照顾一点,每周整洁比赛的评分就连方寸之地也归纳为班级的责任。梁素珍力陈其利害,说是不求第一名,但叫不惹人注意;走廊干净,则多了一层保护罩,若是有了半点尘屑纸碎,内里再一尘不染也枉然,徒添"污名",进入黑名单之列;姑且莫得罪金姊,务必细声细气敷衍,即使格外赠送些点心糕饼,也是免不了的。月芙忍耐地笑着,最终反问:"教书怎么也管这些事?"梁素珍轻笑:"你日子浅到底看不惯,久了,便没有什么稀奇。"范月芙老师走马上任,立即现炒现卖。低班孩子刚入学,几乎茫然,无所适从,月芙还得领着他们:排高矮,依次序入座;当场约法三章,设定班规,另加训示,立起威信;拐个弯又要放软声气,换了个大姊姊的模样,亲切地要求同学们自我介绍,营造融洽气氛;放学前叮咛不已,简直慈母化身。事后没有停止过计算大小项目的杂费,一样样清算妥当。

五　探情

月蓉去过那儿看他，不预先通知。

静悄悄步上那暗昏昏的楼梯，二楼前座，一面有镂花砖的楼壁，可以看见里面的天井。月蓉扶住墙看着良池一人蹲坐在一角，垂首剪线头，旁边堆着老高的衬衫……他一绺头发横在额前，个子不高，一张脸却清俊得很，且驯良如鹿，一直默默不语，也不知他在想些什么。多次上来看他，仿佛是一种奇异的习惯，她愿意见到他工作时候的神情。

午后太阳照在天井，良池的头上染得点点金黄，他搬动一匹匹的花布，那花布卷在长筒里，一个不小心，一大片拉开来，良池笑着卷回去。一个妇人叫他："阿池，别发梦！"有个老师傅嘴里叼住烟，然后吸了一口，笑道："他昨晚去晒月亮，你就别打断他的美梦……"良池卷好布，笑得腼腆，也不作声。

阳光照上来,月蓉突然觉得无限幸福……喜欢她的男人之中,他是最温驯深情的,从不咄咄逼人——看见月蓉,不过是笑,不然就在她的身边,沉静无声。或者便因此掩饰他自己的平凡俗气。

站在花砖壁旁好一阵子,月蓉才走出去。

后来她托人找了一份柜面收银的工作,是在火车路背后街场的西饼店。店里总是扭大"丽的呼声"的声量,空中小说节目之后,即是小曲广播,响起的是钟云山崔妙芝的《情海离恨天》,月蓉随着筝琶檀板哼唱,目光轻移,便看见周良池双手插着裤袋,慢悠悠地踱进店内。

月蓉走过去,指给他看:"这个已经有人订了,是生日的寿饼……"良池微笑,过了一阵子,低声说:"小时候姨妈常买西饼给我们吃,那时做梦,老是梦见姨妈……"月蓉小心翼翼地拎了一块,摆在柜面,轻声地叫良池过来,他摇手不要,月蓉横起眼睛,自己嚼了一口,笑道:"好吃。"又再拎起,硬塞进良池的嘴里。他不得已,只好吃了。

白腻的奶油遗留在他的唇角,月蓉的心微漾,用食指抹去那点奶油,然后吮着那手指。

良池半低着头,一双眼悄悄望着她。月蓉推了他肩膀一下,说:"你不必梦见你阿姨了,以后可以天天吃蛋糕。"这中午没有别的顾客进来,店里播起一男一女的对唱小曲,词意缠绵,说是情海茫茫,万水千山探访爱侣未遇,空留相思遗恨。

　　老板娘下楼来了。良池装着要核桃酥,月蓉倒也不含糊,认真地挑了两片,用纸包了,还说:"要不要番婆饼老婆饼,新鲜出炉的。"良池忍住笑,接过饼,嗤嗤有声地吃起来。老板娘瞥了一眼,转身到厨房去。月蓉逮到机会,立即挥手,叫他赶快走。

六　旧阳光

月芙之前也曾在渔村代过一两个月的课。那儿人情味特别浓厚，孩子的天资即使不高，也非常尊敬老师。偶尔家长还会上门，送上一两条鱼。印象最深刻的一幕，是月芙生病卧床，校长同事学生轮流探访，简直应接不暇。民风淳朴，村民大都不识字，无不希望下一代受教育，于是对她这个从城里来的女先生，异常地钦佩，事无大小，便来询问，甚至写信回唐山，也找月芙代劳。她回来之后，几乎不能忘记那一双双眼睛、那一个个乡气的名字：金狗、阿山、小妹、玉花、添水、进财……他们有的一口福建话，回答问题时，大都面红羞涩，说不上来。月芙心想那一年最快乐的时光大概就在那儿了。她忘却了阿斌……回溯开去，她当然暗恋了一个男子，以至回肠九转，他仍然未知。

她到过报摊一趟……听说阿斌结婚了。大热天里，街上只有几辆三轮车停着,没有什么人。月芙来到摊前张望,他母亲不在,也不见他。唯见一个女人穿着无袖的花衫裤,大刺刺地坐在矮凳上剔牙,一手用纸片扇凉,眼角凌厉地扫了月芙一下,问道:"要什么?"月芙瞠目结舌,一时说不出话来。传闻中的裁缝女恐怕就是这位吧?眼前的妇人虽然年纪不比月芙大多少,但是蓬头散发,粗犷有力,是低层生命力旺盛的女人,实在不容忽视。月芙连招呼也忘了打,就急忙走了。仍然是这个下午,她仿佛被掏空了。什么都不对,金炎炎的阳光照在身上,也没有任何感觉,木木的,是多年前的陈旧太阳,从尘封的云幕里释放出来,却已经失去了热力。

七 剪发少年

　　她去过他住的小房间。

　　穿过巴刹的后巷，从侧边楼梯走上去，二楼门楣挂着一副招牌"萧史看相算命，洞悉天机灵验无比"，有个瘦骨嶙峋的老人蓬头坐在里头，门洞敞开，大概等着客人进来，但又极为清冷。他低下头，打起瞌睡来。月蓉暗笑，摸着黑往上走，三楼门口安装着铃儿，门没有锁，她一推进去，铃声叮当响起来；内里以板隔开数间小房，良池住在尾端，靠近临街小窗，可以听见底下人声喧哗。月蓉来到，就见他一人伏在窗台，俯首探看。她叫了一声，他回过头来，说："楼下有人练舞狮。"月蓉笑问："你不去练?"良池但笑不语。

　　他其实不怎么懂得响应，即使卖弄一时的甜滑唇舌，也一概不会。他走进房里，捧出一碗茶水，只说了一句："房东太太煲的罗汉果。"月蓉知道是留给自己的，也不客气，便接来喝了。"太甜了。"月蓉拧着眉毛，龇牙咧嘴，虽说是声声嫌弃，却一饮而尽。之后她替他打扫房间。里面的空气浮沉着烟味，楼板上有烟蒂遗落，墙板上用月历一张张贴着，角落一只薄枕，看着只觉得孤单寒酸。良池屈膝靠墙而坐，月蓉走过去，轻轻拨弄他的头发，凑上前去，嗅着那发丝的气息。他转过脸来，以唇亲吮她的耳垂。

"你的头发长了嘛。"月蓉一手抚摸着他脑后的发根。楼底的锣鼓一声声传上来，咚咚呛，咚咚呛，一槌一敲的，响得令人心烦。月蓉拍了良池的肩膀一下，然后觅了一张旧报纸，在中间挖了个洞，套在他的脖颈上，充当围巾。良池也不作声，乖乖地坐在那儿，月蓉又从房里的柜子里找出梳子剪刀。她先把他的头发全都梳下来，接着弯下腰，用剪刀横剪发丝，再把额前的头发拨上去，良池忽然问了一句："晚上你又要去他那里吗?"月蓉怔了一怔，嗯了一声，没再应半句，继续修剪。锣鼓一声声，像是敲在心上。

月蓉拿起一面镜子，给良池照。

镜子里的男子文静秀气，但眉目间隐然有幽幽淡淡的哀愁。而那张报纸套在身上，好像有点傻。

她替他拿下了，并从襟边抽出了自己的一方手绢，往他的颈项拍打，弄走丝丝屑屑的碎发。

　　月蓉以手捏着他的鼻头，笑道："便宜你了，还你一个靓仔面目。"良池一笑，却难掩一丝苦涩。

八 年光之雨

大概没有去细数写过多少页。有关他的文字，为免别人的猜测，文中根本不放名字，一律是以"他"来代替。以后翻查阅看，恍惚觉得阳光照下来，纸上沙沙有声，一片斑驳流转……是过去的声音，一字字，一句句，看着，像有着一直沉下去的澄静。纵使月蓉晓得了，月芙表面上也是淡淡的，绝对不轻易谈到情爱之事，而说及阿斌，也不见顾忌，像提起一个熟人似的，可偏偏就不露一点亲昵依恋之情。月蓉趴在枕头上，歪着脸，笑问："今天阿斌怎样？"月芙直着喉咙说："还不是在店里面搬货。"倔然而无表情，一如当年的惜妹。他们说神情尤其神似，可月芙的姿势更为孤高自许，只有在日记簿上才觅到她骚动起伏的心语情意，里面记录了少女特有的易感善愁的个性。街上的日光树影，衣衫人声，花色灯火，就连摆动衣角的细微文风，都一一留在纸上。

是痛苦与甘甜,乍升乍沉,她就这样度过少女的暗恋时期。

月芙报读高中,转到新加坡去。追溯过去,她记得她临走前,来找阿斌。是个阴雨天,淡灰云朵缓缓飘动,风一过,雨点纷纷洒下,湿了月芙一头一脸⋯⋯走向摊子,远远便看见阿斌母亲取出防水漆布,用夹子夹在雨篷沿上。月芙恍恍惚惚地走过去,阿斌母亲哎了一声,忙叫她躲入里面。月芙永远记得当时身子轻飘飘的,环顾四周,不见他的人影,也不想问。略坐了一会儿,欲看几页《幸福》杂志,但对着那朱红色的大字"幸福",倒是发起呆来,头皮麻麻的。他不在,月芙只能感觉到他的存在⋯⋯穿着白背心,朗朗地笑着问她:"⋯⋯我以为《安娜·卡列尼娜》算是最好的作品了,《战争与和平》看来看去没办法结束⋯⋯"月芙轻轻一笑。仿佛听见他的笑声,看见他的两道浓眉往上弯,嘴唇上淡淡的须根,嗅见衣衫若有若无的汗酸气息⋯⋯月芙坐着,雨声断断续续,风简直是一只巨大的手掌,把点点雨丝拨送到书摊里面。他到底没有出现。她就连手上的书也看不下去了,起身便离开。

那天阴云厚重,雨滴变大变密,一一打在身上,月芙浑身湿透,记忆里完全没有凄艳飘逸的姿势,只是一团淡白的弱光,怯怯地在幽暗夜里,闪了一闪,似梦非梦,到最后归于平静,无灯无月,剩下的是风雨,衣寒襟冷,她的身子属于自己,更无一人陪伴。

那一回没有见面，已经等于告别，匆匆有如乘舟经过水边柳荫，划过了绿波，竟已换上了别的水光云色，滑向另一条溪流，命运的移易流转，半点不由人，就算是坐镇多年的大不列颠的旗号也从热带半岛上被拔除。月芙是毫无政治意识的人，却跟着千万民众激动不已，跑到大钟楼广场，倾听句句"默迪卡"的独立声浪。范月芙的情花爱苗，其实不算什么。

　　后来月芙去学校教书，遇着了一些，又失去了一些。

九 电光幻影

　　她的眼睛在镜影里穿涉而行,捕寻了另一对眼睛,狭长而沉静,其中有深海的微光,顺着下去,是鼻子,是唇,两边是脸颊,左边有一小迹红斑,问他是什么,他侧住头,也说不出是癣还是疮,不痛不痒,但一直在那儿。那天她替他剪发,两人坐在房间里,窗外夜色正浓,一片片黑暗漏进来,而远处则灯火通明。她靠在他肩上。她低声叫他名字。良池嗯一声,算是应了,垂下头探寻她的眼睛,想找些什么。月蓉说,我只是叫叫你的名字。他笑。月蓉加上一句,我喜欢叫你的名字。

　　除了良池,她还有别人。

　　拐过了水罗松钟万公庙后巷,听见摩托车划过路面的啸叫,三三两两。月蓉避在一角,让他们过去,车尾猩红灯影闪烁。她走到金华戏院侧门,那儿一排摊档,吊挂着汽车大灯做生意,偶

154

尔有无知的飞蛾,徘徊不去,尽自在光色里飞舞,贪恋光明。最靠近门口的是凉茶档,看档的是个跛脚少年,他身旁有一面大镜子,一行金漆楷书写着"八宝去湿茶,黄蜂尾后廿四味凉茶,去干解热止咳化痰凉茶,清热润肺竹蔗水……"当中是"家传良方涂家凉茶"。月蓉问也不问,拎起一杯菊花茶,仰头就饮,几口之后,便问:"景明,你哥哥呢?"少年指了指后巷,月蓉皱起眉头,又道:"他要找我,就说我在戏院。"她进了大堂,门口只剩下妇人守着,她笑问:"开演了?"妇人点头,月蓉不必买票,就这样拉开门进去。

黑暗里,只看见远远的银幕上,印度美女舞动身躯,手足铃镯铮铮作响,大眼睛上下闪烁,男子欲扑上去,女人娇笑,一猫身,躲开来,然后呢呢喃喃地唱起来……她们的嗓子大抵没有什么两样,娇俏高亢,甜得不掺一点悲情,只有露骨或暗藏的挑逗诱惑,印度女人在爱情追逐中,总是喜欢做主动的角色。

看到女主角跪在神像面前,泪流满脸,唱着忏悔的歌词,月蓉忽然发觉身边多了个人。

是景明。他笑道:"这种电影你也看得津津有味!"月蓉淡淡地说:"我可不管,有娱乐就好。"这跛脚少年回敬一句:"没有人陪。怎么会好?"月蓉不作声。

他赌气,搜索她的手,紧紧握着。月蓉转过来,瞪着他。景明仰起头笑道:"我为什么不可以?"她叹了一口气:"想干什

155

么?"他凝视着她:"怎样也行呀。"月蓉:"想什么？接吻？你这个跛脚仔!"

她站起,在窄道上跌跌碰碰地走出去。即使他要追,也快不了。

十 相声

　　一直折腾了好几天,月芙才清楚她的座位。一入办公室,一张张连接起来的方桌,数到最后的一张,靠近洗手盆,地上总是湿漉漉的,有时别人忘了关水龙头,月芙也不得不善后。靠墙的架子上堆满了作业簿,月芙的作业也没处放,全都堆在窄小的桌上,像砌起一座长城,把自己隔绝。

　　坐在对面的是个男教师,过了好一阵子,她才算是真正见到他。

　　平时那位子老是空荡荡的。一次,他回来,跟月芙打招呼,她抬起头,只见一个穿着无袖背心的高大男子,笑容可掬的。心想大概是教体育的吧。"我叫张雨亭,大家是邻居,守望相助。"声音倒是雄浑,听上去很是舒服。月芙笑道:"你看见我的长城作业簿了? 快要高入云霄,你这邻居赶快日行一善,帮帮我才好。"

张雨亭哈哈一笑，称赞她口才不错，并建议她："孟姜女哭倒长城，我们是崇元中学，也最是崇尚古人，你不如学习孟姜女，一哭倾城算了。"

范月芙大概也久未逢对手，便跟他一唱一和，说相声一般，原本大家就是青年男女，这么一来更投缘了。其余有的老师上了年纪，则含笑静观，稍微青嫩的，也跟着加入阵容，笑闹一番。

恰巧那时梁素珍推开弹簧门，眼见这景况，倒怔了一下，脸上不动声色，驻足听了半晌，然后静悄悄地转过身去，推门走了。那弹簧门晃晃悠悠，好比一对拍动的翅膀。太阳光射进来，地面上昏昏闪动的影子，斜斜地伸向那一排排的办公桌。

十一　何安记

　　景雄拖着月蓉到何安记茶餐冰室，里面客人已不多，三四盏白色灯泡冷清清地照住那黑白相间的阶砖地，桌子底下放着一个绘花痰盂，旁边有只老虎斑纹的猫儿盘踞，见有人来，伸颈张望；一会儿，又躺下了。他们坐到后边的卡座。何安记老板娘眼角也没有扫一下，伙计提了两杯葡萄汁，搁在面前，就板着脸孔离开，大概是看惯一对男女公然亲热的模样。

　　景雄一口气饮尽葡萄汁，打了个嗝。嘴角残留一道紫滟滟的水痕。她看不过眼，用手替他擦掉，他一下子擒住月蓉的手，以口噬吻着那一根根手指。月蓉笑起来，仿佛更加鼓励了他，吻得更厉害。她拍打着景雄的胳膊，后来索性捶打，他才放弃攻势。月蓉忙留意冰室伙计，那中年男人果然觑起眼睛，向这里行注目礼。

"别管他。"

"知道你厉害，罗汉堂的兄弟。"月蓉白了他一眼。景雄倒不以为意，微笑而已。他颇为自得……罗汉堂的第二把交椅鲨鱼亮很是欣赏他，偶尔茶楼聚会，鲨鱼亮都不忘叫他出来，在雅座外把风。景雄笑道："不是所有人都有这个机会的。"他极为热衷在江湖闯出一个名堂来；深深迷恋横行四海的英雄气概；领着弟兄，阔步开行，神气非常；叼住一根烟，衣领敞开，露出刻有蓝青色老鹰的文身。他这一股骠劲，只有月蓉才能接受，其他良家女子无不触目惊心，急急闪避。

月蓉很轻易沉溺在一个男人的特质里，只要觅着了可取之处，也就认定对方有值得依恋的地方了。她便以柔情相许。明知道他不会是好人……像是蜜糖里加了毒药，她却喝了一杯接一杯。

她又想起另一个人。

十二　景雄传奇

　　少年抓了抓头发,说了自己的名字:"景雄。"月蓉凝目赧然。那一年,两人在阳光下枯站等着。时间恍惚过了一个世纪似的,悠长漫漫。事后,不管别人苦逼威胁,景雄怎样也不说月蓉当天跟他谈了些什么。他只觉得太阳特别炽热亮烈,一盆金黄的光色液体,从天空倾倒下来,一地里尽是叫人感到刺目扎眼,她在跟前,素白衣裙,侧着脸一笑,递给他那支咬过的雪条。他老实不客气,拿过来忙嚼了一口,入口冰凉而甜酸的滋味。他以后有过不少女子,见识了无数的玉容红颜,尝遍了床笫的欢娱刺激,追逐着算不清的火坑碧玉堕落奇花,甚至是小埠小镇的孀居艳妇。爱欲与喋血,钱财与女人,交缠相生,永远离不开。七十年代景雄的绰号广为人知,而他的原名却湮没多时。一直等到他伏诛身亡，人们议论这条"过江龙"的种种事迹，连带他少年时代活动的水罗松一带，也流传不少经过美化的传奇片段。

只是老居民忽略了臭草堆里茁壮生长的一枝仙姿娇容的芙蓉，也与景雄有过瓜葛。她大概是比不上姊姊月芙的聪慧多才……在一定程度上，别人总是宽容包涵能力稍逊的女人，甚至是保护。何况月蓉一站出来，灰扑扑的四周登时被星月映照着，仿佛光亮了许多。可月蓉毫不理会，难得的是自己长得好，却不刻意卖弄。她跟母亲惜妹学裁衣，手工并不突出，只是任何人上门，她都照应周到，恭敬有礼，又不流于虚伪。一些年长女人称赞不断，笑说要介绍男子，或索性认作儿媳，或好歹上契做女儿。如果真的要男人，其实不用花多少工夫，他们会主动走到她的面前，一个接一个，毋庸担心，各式各样，各有各的好。月蓉的爱是无边无涯的海，可以容纳无数……不是人的本身，是来自爱的本身。月蓉继承了母亲的玉喉金嗓。惜妹的哼唱，大都是小明星徐柳仙的艳词丽曲，颓废风流，她不求甚解地背下来，只要一听见熟悉的二胡过门，月蓉就流利婉转地唱起来。邻居街坊依稀记得夕阳落霞染红西天，后门坐着个女孩，尖着喉咙，唱起男欢女爱的粤曲，歌声稚嫩，词意绮靡缠绵，比如"冷月挂梧桐，情郎如云霓，遍寻不见，只落得芙蓉泣露妆台前——"妇人觉得女孩爱唱此类曲子似乎不是吉兆。月蓉倒不避忌，稍有空就攀住惜妹的膝头,放软声音央求,教她唱一段。惜妹推不了,便清清越越地拉腔开唱了。有时惜妹勾起过去种种,哽咽不能自已,泪眼盈盈,低下头便看见月蓉也一脸泪水,摇晃着她的膝盖:"不要哭,不要哭。"

十三　良宵抱月

月蓉躲在钟家的楼上试衣裳。

他们家的穿衣镜是老古董了，雕花木漆极为讲究，镜光锃亮，照得了全身上下。

黛芳矮她一个头，但是模样已经很老成了。

"蓉姊，看我的唇上这颜色，好不好？"黛芳抹了一点口红，唇色红艳得油滑明丽，仿佛换了另一个人，一点也不像十五六岁的女孩。

月蓉这件长裙，长至腿部，以百褶衍成鱼尾，是歌台表演的舞衣——有人游说她高歌一曲，月蓉习惯了抛头露脸，也领略了出风头的滋味，到底难推——黛芳笑问，为何不扮天女散花？月蓉摇头，古装美人的服饰大都跟戏班借的，她们那些！月蓉皱起鼻子，汗酸味体臭味混合在一起，难受得很。黛芳想了一下，笑道还是摩登一点较好，男孩子爱看。月蓉奇怪这女孩怎会玲珑剔透到这样。

黛芳替她挽起裙角，对镜一笑，双双宫廷贵女一般。裙子泥金色，裙角款摆，穿在身上，就是美人鱼了。月蓉促狭微笑，黛芳掩住嘴，好比互相保守着秘密。

一个女孩推开门，愣了一下，笑道：蓉姊在试衣吗？手抱住猫，转身走了。八成是因为黛芳在，蝶芬就不进来，难得黛芳一句话也不说。她和月芙倒不至于如此——她们的世界互相进不去，她对月芙有稀有的敬意，月芙是读过书的知识女性。

那一年想必有人会记得：水罗松大街到乐园巷的花车游行。一辆辆饰以烟黄灯泡晶蓝灯泡樱红灯泡，并以缎带结成花球，灯光霓虹闪烁，如夜里女神戴着一串串项链。车子徐徐而行，有人就认出坐在第二辆花车的，是惜妹的二女月蓉。扩音机播放着时代曲，是欢快的女声唱着恰恰舞曲，说是星月也要跳恰恰……那年月不是恰恰就是曼波，热辣辣的。之前战时的痛苦一扫而空，热带国度原本是一派欢悦天真，再时髦的吉隆坡城里也带着一丝乡气。男女互相约好，去歌台舞一回。即使背后看不见的面目，是另一群潜在的活动分子……说起共产党，一般人只有同情，一种几乎是感情上的自然反应，亲友之间总有几个是热衷解放事业的，继而无端地失踪，恐怕是进入森林报到，反殖民地反资本主义，身负解放全民族之使命……但老于世故的市民谈到一半,便住了嘴,在茶室里喝咖啡也不大提起。

月蓉忽然记起上一次客串歌台……唱完《送情歌》之后,她提着高跟鞋,赤足而行,一手将头上的水钻蝴蝶夹除下来,一路撞撞碰碰地走出门外。巷子街灯照着一棵老树,绿荧荧的,身后有人喊:"小姐。"转过身就看见一个高大男子站在面前,白色长袖衬衫,西裤革履,极是斯文大方。月蓉见惯这种情形,应了一声。他笑道:"你可是掉了东西?"月蓉去摸耳垂的坠子,还在,男子从裤袋掏出一样事物,是那水钻蝴蝶夹。月蓉忙谢不迭,马上取来,欲别在发上,可没有镜子,总是不成功,他接过来,仔细替她夹上去。月蓉忙道:"谢谢,你真的是个好人。"男子再度颔首轻笑……灯影映照,体形清瘦,眉目分明,玉管似的鼻子,笑得温驯有礼,是来自教育良好的家庭,"良家子"跟街市草莽的景雄是两个世界的人。她故意问他哪里有好吃的炒粿条,他却说有门路去吃极佳的北印度餐。月蓉扶着老树,穿好鞋子,嘴里一串话:"怎样去? 远吗? 要走多远?"他们是坐汽车去的。银灰色的马赛地,他让她坐在后座。夜色如黑河,在车窗外汩汩而过,灯色火黄闪红,像飘晃在夜河上,匆匆掠过,月蓉恍惚身在天上,虚幻而不实在,有如故事里的公主,坐在飞船上,飞向七重天。也不管是什么人,就这样跟他去了。直到踏在红绒地毯的阶梯上,仍是在云雾里一般。那北印度的高级餐厅,天花板上镶嵌着繁丽镂花的水晶玻璃片,反照着人们多重变幻不清的影子。

迷离的释他琴音在背后悠荡荡,他牵着她,她仰起头,上面有数不清的范月蓉,笑盈盈地迎面相对。十七岁的她没有想过,多年之后回忆起来,大概会后悔自己毫不在乎的任性,任由这男子擦身而过。吴浩云,他一手支着头,声音淡淡地告诉她,自己的名字。

他唤了侍者,另叫一盘姜汁冰激凌。月蓉见那半球型玻璃杯里盛着一方淡黄色凝固雪糕,便以调羹舀出一角试试,微甜带点辣,味道幽微而诱人,才觉得它的好,却又没了。吴浩云说他住在湖滨花园附近山上,在英国读法律,如今是回来度假……略微提了家里的事,每逢周日,与家人做礼拜,听道理,领略天父的福音。她只是笑,接不上。她忘了什么时候下了那梦幻的红阶梯。只记得吴浩云在车窗边问,以后如何找到她。范月蓉一回头:"去歌台吧,看你还会不会捡到我的发夹。"并不在意这次的奇遇,因为年轻。后来经过爱海变迁,茫茫人海回眸,却遍寻不获了。

月蓉一直走过去,这是她的声光梦影般的乐园……姊姊月芙走不进来的世界。

十四　女皇蜂

　　月芙似乎知道政治是怎么一回事。如果以其桌位当作地盘，她身后的季太太自成一派……据说她是某董事的小姨，显然受到优待，教两个好班级，在早上十点便可以回家。当其他同事还在低头批阅，季太太就悄悄挽起四方手提袋，一手轻轻抚弄着蓬然高耸的雀窝头，嫣然轻松地步出校门。斜前方的廖小姐教美术，倒不常见她坐在位子上，总是留在花圃后的美术室内……据说里面布置得像百货公司的化妆台，椭圆镜子镶嵌着电灯泡，有人在窗外窥视，只见廖小姐手拿水彩笔，却没有画什么——就有人缺德地说，那应该是眉笔——旁边有最新型的原子收音机，伦巴音乐响起，她则一脸悠然陶醉。她可是丘校长的外甥女。这不过是个别情形，各组主任有如山头坐镇，打招呼亦要小心。而梁素珍是资料室的组长……又是据说，她老是不满意组长的头衔,非得换个主任名义不可。有些同事嘴上刻薄,说她是老处女,没有寄托,只好在工作上往上爬。又说范月芙老师读过师范,以前是图书馆学会主席,年轻有干劲,恐怕会代替梁素珍。

月芙曾经目睹,每个早上梁素珍异常谨慎地叠好报纸,然后在洗手盆整理仪容,才捧着报纸,走进校长室,一进去就老半天,出来脸泛红光,眼露异彩。左侧多事的封老师对月芙耳语:"这就是早请示,向太后请安,接下去还有晚汇报……"月芙其实嫌弃这种嘲讽的声口,但一次颇为不凑巧,经过校长室门口,手上的簿子落地,忙蹲下身子捡起,挨近那风口的所在,那房内的对白挡不住地听在耳里,先是丘品操的咯咯笑声:"……太客气了,这件衣服我怎么好意思收下?"接着是梁素珍赔笑道:"也实在没有什么,这料子实在好,上次让裁缝做了几件,顺便也照着您的尺寸做了,到底也是顺便罢了。"月芙脑子里却想不到任何东西,耳根子发热,听见不应该听的,逮住别人的秘密,反而是又慌又怕,手上更不伶俐,簿子再度跌下,发出声音。梁素珍出来张望,月芙少不了微笑相对,两人打了个照面。丘品操校长也闻声踱出门口,以眼角扫了月芙一眼,便一阵风地走回去。

月芙失眠了好几个晚上,耳边残留着她们的清脆笑声。黑眼圈已经浮现,后来那张雨亭取笑道:"熊猫小姐别太卖力,行不行?"他上了体育课,一身臭烘烘地进来,脱了衣服,在风扇底下,满室都是他男人的体味。月芙避也避不了。他眉开眼笑,把背心搭在胳臂上。她忽然发现他是这里最可爱的人。也记得月蓉说过，学校是老处女的大本营。一个少女长期在此浸淫迟早会枯萎的，连带心也丑陋起来。而此刻汗酸味攻上来，却一点也不刺鼻，反而熏然若醉，脸上有了恍惚的笑意。实在没有办法，众目睽睽，他一进来，老是趋近月芙，笑盈盈的，随便说什么都好，多留一阵子也愿意。雨亭就一件背心，赤着胳膊，两腋竟有毛发恣意偾张，旺盛得惊人，一双眼睛灼灼似火……不知是她的错觉，还是心理作用，到现在仍然带有那种焦躁不安又难掩欣喜的复杂心情。是有点怕见他，他一过来，月芙立即可以察觉四周有火眼金睛，在空气里亮晶晶地睁开，窥视着一切。

　　她走到洗手盆前，旋开水龙头，水声嘈嘈切切，响个不已，可自己却偏没有洗涤之意，任由水龙头开着。月芙就这样子呆呆的，稍微定下神来，抬头，见镜子里有张雨亭的面影，她不禁一怔。月芙再回首，丘品操一身红旗袍立在办公室门口，不见有任何镶滚花样，就只是红色而已，像一种不应该有的嗜好，那红彤彤火熊熊的颜色披在身上，说不出的诡异之感。丘品操嘴角牵动，示意她进去。月芙踏入房内，丘女士按上锁钮，门把金属被压挤得微响，让月芙头皮发麻。丘品操轻轻一笑，很礼貌，很周到，用语还是很客气。她侧着头，以笔无意识地敲打桌面……只是她的眼珠流转之间，白多黑少，闪烁游移，偶尔听月芙回答时，薄唇紧紧抿起，目光斜睨，那混浊的眼神有着动物怀疑一切的感觉。她笑问范月芙可有在班上只唱歌不念书，说是有家长投诉，不得不处理。月芙也忙笑道，解释课文里提到儿歌，趁此让学生唱一唱，引起他们的兴趣，不是没有上课……丘品操大概很不满意，半扬眉，冷笑："教育是良心的工作，不是随你的喜欢，家长把孩子交到我们手上，怎可以马马虎虎？将人家的好子弟给误了！谁证明你有在上课？谁看到？"丘品操恐怕等待的就是这一刻了，她叫月芙进来，无非就是要她顺从……芝麻绿豆的小事，渲染成大罪，好令她畏惧。她心里清清楚楚，是因为梁素珍送衣裳的那个下午。不就是姊妹互赠衣物，多平常……除非事非平常，才介意别人目睹：变相的贿赂与接受贿赂，她们一厢情愿地断定事情已经曝光了，不妨要这范月芙好看。找个把柄，简直易如反掌。月芙浅浅一笑："并没有家长投诉吧？对不对？"丘品操摇摇头，认真地清清喉咙，加强语气："我们不会贸贸然的，绝对有人投诉……"

忽然觉得没有必要跟这种人周旋下去。月芙发现自己走进一个蜂巢，千万个密密麻麻的小房间，阶级严谨分明，她恍惚化身为一只小蜂，匍匐在底下，朝拜着顶端的大蜂后，蜂后翅振翼动，凶悍狰狞。丘品操嘴巴开合不已，月芙一句话也听不下。她惊诧自己怎会坐在这里，炎炎午后，怎么不去倾听绿荫蝉声，去鉴赏碧波花影。时间迂回地流转，竟让她跌坐在此处，平白无事地卷入涡流，脱也脱不了身。月芙开始明白小说戏曲里所谓"屈打成招"，如何可以成立了，也就不能怪主角太懦弱。眼前的轰炸提问，就已经令人堤防失守，遑论其他。丘品操旗袍红血淋漓，渐渐地，月芙怀疑鼻端有腥气扑来，她转移视线，望向壁上的横枝墨梅图，那梅树扭曲着枝干，半中腰伸出一只怪手，手上溅着点点猩红，看着叫人头晕目眩。

"……张雨亭老师其实也很有问题，以前也有人投诉过，说他玩弄女性感情……"丘品操压低声线，然后脸上表情凝定，不见任何暗示，仿佛等待月芙的响应。

"有关张老师的问题，应该由你直接向他反映，我本身是帮不上忙的。至于校长认为唱儿歌妨碍教学，要给家长一个交代，我一定会好好检讨，以后绝对不会犯这个错误……"月芙斩钉截铁，决定不再跟她纠缠不清，她想听的不外这些吧？

"嗯，很好。"丘品操满意地笑了。

走了出来，并不觉得日月无光……这一点才让月芙疑心。理应一切都蒙上阴灰灰之色，才能显示世事黑暗；但诸事皆照常，办公室里人人低头批改作业，顶上风扇飞转不已，走廊里日光煌煌。月芙木然地坐回原位。弹簧门如蝙蝠翼似的，啪的一声，推开，梁素珍跨步进来，见是月芙，堆笑打招呼，月芙来不及反应，只微微颔首，也不出声。她阅书无数，不会不知道，有人的地方就有政治……她误中禁区，怨不得谁。

十五　相依恋话

　　下午的西饼店顾客较少,店面冷清清的。一个收字花的妇人进来了,老板娘笑嘻嘻地招手。月蓉瞟见和她一起看顾柜面的阿香也进厨房去了。她静悄悄地从玻璃橱里捧出一个花生蛋糕,寻出一束奶油,仔细地在上面挤出霜花,一笔一画,拼出了一个人的名字。月蓉看了,觉得很满意。然后装在礼盒里,以红丝带系了,藏在抽屉里。

　　入夜,月蓉走上熟悉的侧边楼梯,行至一半,那老人哑着喉咙,叫道:"大姊仔,看相吗?"她摇手不要,老人却伸手拉着她衣角,定睛细看,似有发现,张嘴要说。月蓉知机,生怕他开了口,就要收相金,立即三步并作两步,上了楼,只听得楼梯口回响着老人的声音:"大姊仔,不用怕……"月蓉一直跑上去。

　　门没有锁,一推就开了,门边的小铃响起来。她屏气慢步走着,走廊有房客手捧面盆,对她微笑。掀开尾房门门帘,见良池侧身躺着,也没有穿背心,月蓉蹲下来,轻轻地以手拨弄着他的头发。他醒来,睁开眼一望,一笑。月蓉让他的后脑枕在自己的大腿上。良池别过脸去,她低声道:"不准动,头不要转……"他果然不动。她缓缓地用手指抚弄他的脸,额头、太阳穴、眼皮、眉心、鼻翼、人中、两颊、下巴,手指游移到唇际,他启齿轻咬。月蓉哎呀一声,拍了他一记,骂道:"要死呀?"

然后良池一个转身,站了起来,马上抱住她。月蓉也不抵抗,立即依偎在他怀里,她嗅着淡淡汗气,是自己想念的气息——原来走马灯似的男子里面,他到底是她最依恋的。她放心地拥住他……良池总是不会无缘无故地消失无踪,或者像景雄一样神龙见首不见尾。她知道他走不到哪里,夜晚他总是待在房子里,他老是等着她。

"你工厂里忙吗?"像丈夫下班后,妻子询问的语气。"最近常赶工,做也做不及,老板叫我替裁剪师傅拉布……"专心倾听,仿效一个妻子分内的职责。月蓉两手环抱住他的颈项,倾听哑哑低低的声音,心里想着她偷偷去看他的情景:他蹲在天井一角剪线头,头略微垂着,头发一绺掉下来,神情温柔,但脸颊左边有一迹红斑,也不知道是什么。她想起来,摸一下,问:"是癣吗?"他摇头:"我也不晓得,他们说是遗传,我爸爸年轻时也是这样……"她忽然觉得幸福异常,他与她闲话家常,真的像老夫老

174

妻,即使这是自己骗自己。月蓉又问他父亲多大年龄了,良池一一回答。

顿了一顿,他平静地说,爸爸已经年老,上次回去手脚都长了好些老人斑,又说童年时胆小,不敢一个人睡,常挨父亲斥责,后来长大,有一回要搭车下坡,他陪自己一起等巴士,淡淡地提到一个人到外边要照顾身体,要多吃营养的食物,水要多喝,水果也要多吃。之后自己坐在车子里,想着想着,莫名其妙地哭了起来。他回头反问:"我像不像女子? 很喜欢哭。"月蓉笑道:"像,我就不常哭,你比我还不如。"

但她补充说,自己只有不能上台出风头,才会躺在床上以被单闷着头大哭。

良池用手指划一下她的脸:"还有胆子说。"她一笑,甩开他……另一些真话,却未必说给他听。

他告诉她七岁那年被逼跟着妈妈去割胶。凌晨四点钟要出门,那一大片深不见底的黑暗森林,他惧怕得偷偷哭。月蓉轻笑:"偷偷哭? 不敢给妈妈知道?"良池点头:"是啊,怎么敢?"后来他们母子俩同时见到狗熊——听起来仿佛很可笑,但那高大狰狞的兽影在胶树后步出,低沉地吼一声,两人不禁手脚颤抖。妈妈叫他名字,阿良,跑去前面——手牵手,没命地奔跑。他也曾经跟着妈妈拿粮包给山里的人,那是靠山沟边的草丛中,妈妈叫他背着一个小麻袋,外边用暗蓝色布包着,乍看不显著。蹲坐

175

在草丛里,等着他们来。一次是女的,穿得就像村子里的妇人,花布唐山衫裤,头发剪至耳后,态度很亲切,还和妈妈闲话家常。妈妈说一阵哭一阵,那女人还抚扫她的背脊,安慰劝解。后来他才晓得那是他的大姊。月蓉问他:"以后就没有回来了?"良池淡淡的:"怎样回?她跟共产党走了,当然就躲在山里。"她叹气:"你妈等于少生个女儿。"

之前有人暗地里说月芙是左派分子,月蓉倒不觉得。月芙虽然有点好打不平,喜争取平等,可她脾性孤傲冷硬,又有才女的三分浪漫,不切实际,绝对不适宜参与组织搞活动。月蓉难以想象她会跑进山里,粗布荆裙,身上佩枪,在森林打游击——月蓉难道也去送粮包?不禁失笑。她双手抚摸着良池的脸,笑说:"你要做共产党吗?"他吻了她的鼻尖,细声说:"我要做贼。"月蓉微笑:"我就是贼婆。"甜言腻语靠不住。然而如果月蓉跟了景雄,她已是货真价实的贼婆了。

景雄身边永远有女人痴缠,只是从不让她目睹,做了他的女人,过一天算一天,不晓得明天如何。月蓉却忘不了良池的好,这么一个清俊的好脾气的男子,可以后也只能在工厂剪线头,搬布匹,拖地板,流逝着他的青春。

十六　倚栏杆

　　月芙推开办公室弹簧门，她笑盈盈地带来一阵香风。粉红色西式套裙，衣襟簪了朵缎子仿制的白茶花，头发梳得油光水滑，侧边一拨，留得一撮卷曲青丝在肩上，露出耳边一粒三角形水钻耳环，眉毛修得月牙儿一般，唇沿点了猩红。她踩着高跟鞋，步态袅娜，手捧礼盒，第一时间闯进校长室。金姊站在一角扫地，也忍不住停下来，几乎不相信眼睛所见。

　　门关不严，隐隐传来月芙压也压不住的笑声，办公室的老师面面相觑，有些临事不惊的，照旧埋头批改作业，不当一回事；梁素珍脸上阴晴不定，一双眼睛飘向房门，仿佛要侦察出究竟来。月芙出来，正好遇见张雨亭从外面走来。他一怔，无言以对。月芙直视而过，大剌剌的，然后笑意殷殷，拎着小鸡皮纸张袋子，凑近梁素珍，笑道："梁老师，我一个朋友从金宝来，买来鸡仔饼，好吃得不得了，你试试看。"梁素珍堆起笑来："我通常不吃什么酸酸甜甜的零食——"月芙啊唷一声，亲热地拍打了她一下："不赏脸哦，拿回去给家人吃吧。"梁氏只觉得"六月债，还得快"，她其实整治别人之后，总喜欢施予受害者小恩小惠，以掩饰嫌疑。梁氏脸色苍白，暗地哑忍，把饼儿收了。长期失眠，她看来已经老了十年，为了自保，自有一套辨别系统，思想"左"倾？中间偏"左"？都逃不出她的法眼，尤其秘密参加读书会，当中只要有几个天真嘴疏、不防人的，她都探得出口风，多少人参与，有谁，看的是什么书，资本论还是左翼文学。有点理想的大部分把事情看得过分美好，天真得接近可耻，他们还不知道这世界是怎么一回事儿。这范月芙指尖拈了块鸡仔饼，轻咬一角，唇上油汪汪地红润起来。她瞥了梁氏背影，也不说什么，只管叽呱叽呱啃完饼儿。

张雨亭在对面两眼炯炯，直望着她。

她假装没有看见，心底闪过一丝哀伤怅惘。她早晨起来，模仿月蓉化妆，描眉画鬓，豁出去，柳眉斜飞，玩一次送礼物的游戏，再无聊也值得——见识她们尴尬的神色，半推半就，让她内心惊笑不已。丘品操还是一副乍惊乍喜的表情，频呼："太破费了，太破费了——"一边急急地收下那块碧蓝色的确良布料。月芙知道这一切无非是幼稚，是她歇斯底里之后的反常，一种赌气的放肆，真正识时务者的俊杰，自有一番进退。

放学后,张雨亭忍不住走过来,打趣:"茶花女要打道回府了?"暗指她襟上的茶花,月芙笑道:"你可不要这么说,茶花女有阿芒陪着,他们可是可歌可泣的文艺大悲剧,我怎么够得上?"她叫他一起到小巷小弄,去吃陈皮红豆糖水、武夷鸡蛋茶,另外叫一盘芋头糕——月芙还要加多一点甜酱辣酱,两人坐在棚盖底下,午后阳光是一大片黄蠕蠕的虫,热辣辣地在他们身上叮了一口又一口。这里的摊档是出名的。总是父女俩守着,都一般的沉默寡言,单眼皮,小眼睛小鼻子,皮肤黝黑如炭,驯良得像某种受惯风霜的动物。雨亭忽然说了一句:"我父亲以前在大巴刹卖碗仔糕,我小学就去帮忙。"月芙微怔,淡淡笑道:"难怪,都是童年阴影的关系,现在宁愿过点好生活,做个典型的小资产阶级。"雨亭笑了一笑。

　　月芙喝完糖水,张望周围,笑道:"有时我妹妹会来这里,她也挺喜欢鸡蛋茶的。"雨亭问:"她样子像你吗?"月芙点点头:"比我更漂亮些。"雨亭其实想说许多事情,月芙却若即若离,即使要说也无从说起。

　　战后的五十年代不像战时的忧心忡忡,小巷里经常有时髦男女,皆戴上太阳镜,连年轻马来女子也不例外:一袭蜡染热带花木图案长裙,通花薄纱蒙头,在南洋丽日似火底下,露出一双杏眼和浅褐色皮肤,一个个在小杂货店买咖喱香料。远处时而传来诵读《古兰经》的吟唱,一声声拖得长长的,总在天色昏昧

179

的清晨或黄昏出现。

月芙低声说："我们老一辈华人大都奔波劳碌，存够了钱就汇款回唐山。大概永远对祖国怀有希望。"张雨亭笑叹："我们的叔伯也只能这样了，受西化教育还好，至少没有这种负担。"故意拉到民族大我的话题，也真的没话找话说。走出小巷，雨亭送她回家。穿过同善路，街口的一座会馆，门口蹲坐一只白猫，楼上有麻将搓动之声，淅淅沙沙。拐过店铺五脚基，是一排二楼一底的房子，露台架着竹竿，晒着红白相间的床单、苹果绿的被子，迎风飘扬，然后竹帘掀开，有妇人走出来，见月芙回来，喊道："范老师，你还没有找人修栏杆啊？"月芙应道："我都忘了。"

上了漆黑的楼梯，雨亭问："是房东？"月芙以手指比在唇边，嘘一声，示意他不要声张。楼板极薄，稍微高声，也会让人听见。楼底妇人有初生女婴午睡，吵醒她，不免惹妇人啧有烦言。雨亭不晓得，还想问，月芙再以手盖住他的嘴——突然他那男性的呼吸热气，一下子吮吸她掌心——月芙仿佛被唤醒了，清清楚楚地明白，那是个叫自己心魂荡漾的男子。他脸上的须根，轻轻地扎着手。雨亭倒有点迷糊，一只柔腻的手竟然盖在唇际，他不想动，只希望这一刻能多久便多久。

可月芙还是推开门，窗光明亮，她若无其事地笑道："好太阳，我拿衣裳出去晒。"搬来藤椅，叫雨亭坐着，自己则走进浴室，把吊在里头的衣物取下，都一一晒在露台的竹竿上。转身，已见

180

雨亭在身边,他轻声问道:"我想你一定受了什么刺激——"月芙静默片刻,说:"是啊,我对这学校感到失望。"雨亭道:"像梁素珍这种人,犯不着招惹。"月芙反问:"那你又怎么能够留在这里许久?"他微笑:"是因为学生吧。"

月芙默然,丘品操说的关于他的一番话,到底没说出来,月芙不愿意这样刺探,越是如此,越显得在乎他。张雨亭走近,手指轻轻钩住她的手指,然后完全握住。月芙回眸一笑,可是笑得有点凄然。太阳猛烈照下来,无情无义似的。她另一只手捂住眼睛。

"你哭了——"雨亭微微惊讶。

月芙抚着露台栏杆。栏杆摇摇松动,如果不去修理,迟早不小心,整个人就会堕在街心。只是此刻容不得她过度思考,容不得她欺骗自己——愈想保持距离,反而让他愈接近。他是真实的人,活生生地陪伴在身边。从没有比现在更觉得年华似花开放,见识过世俗的部分肮脏可怖,值得慰藉的是另外一个男子的胸膛,能躲一时是一时。

擦去泪,月芙嫣然一笑。

十七　落花天

何惜妹翻箱倒柜,欲找出当日在地母庙的批命纸。计算生肖年月,理应是月芙犯太岁,但似乎月蓉也是犯上险厄,非要到庙里点灯化解不可。近年来,惜妹患消渴,不能吃甜,又终日昏昏欲睡,有时就梦魂颠倒,蒙尘往事竟轮流交替出现在眼前。多年后,她没忘记范舟桥,他永远停留在二十八岁那一年,年轻俊朗,穿一套整齐制服,背上大鼓,准备出去表演。惜妹笑道:"真是的,等一会儿,你两个宝贝女儿还要去看你呢。"他笑了一笑,也不理会。惜妹一旋身,照着墙上的镜子,镜里的她依旧肤光赛雪,是当年还未接手父亲面档,还未被太阳晒黑——是在学裁缝的日子? 可又看不见那一架轧轧声响的衣车。她疑幻疑真,细心对镜照影,弯眉秀目,仿佛天光照着红牡丹。

她捡起一件长衫,在身上比着,一瞧,布色的玫瑰红老早黯淡,布身的暗花是一只只蝴蝶,可那蝶影也随之褪色无光,像是多年前飞出去了。惜妹叹气,毕竟花无常好,月无常圆——这不过是从前在会馆唱小曲的衣裳。她不经意地哼起了小调《落花天》:"夜夜泪痕溅衣衫,叹旧梦,顾前尘;同心结,结同心,只道人不分时,结不分——"惜妹喜唱平喉,尤擅仿效小明星低沉柔腻的腔调,未必了解曲意,如今唱起来,忽然种种过去,纷至沓来,使她惶恐哀怨,不知所以。范舟桥坐在跟前,笑说:"两个女儿走了之后,你会比较寂寞。"此时惜妹才惊觉他已经逝世多年了。

在睡意蒙眬中醒来,惜妹竟忘记适才要找出月芙月蓉的批命纸,只埋怨自己为何动辄昏睡,不管昼夜,一躺下来,就沉沉睡去。

她没听见月蓉躲在浴室呕吐的声音。

月蓉一手撑住墙壁,一手叉住腰际,胃里一股酸水往上冒,于是又弯下腰,对准那瓜形瓷坑大吐特吐,吐得泪水直流。过了好一阵子,才抚平胸口,缓缓站起来——实在的,平白受这些罪。月蓉舀了一瓢水,欲洗脸,那水色荡漾不定,她的面容沉在水底黯淡无光,自己打个照面,不禁怔了一怔。

那晚上听见景雄受伤的消息,月蓉匆匆去看望。怕给人知道,他躲在金华戏院背后的一家小旅馆。旧式宾馆由窄楼梯转上去,地面镶嵌花砖,却长期藏污纳垢,已成了暗绿黑黄的点点斑斑,脏得恶心。她拾级而上,灯光苍白,光线不足。二楼柜面有中年人微微一笑,侧头挖耳。月蓉记得房号,再上一层便是。到了敲门,门也没锁,一推,应声而开,她走进去,只见一张泛黄单人床,景明正躺着看书,不见景雄。月蓉问道:"你哥哥呢?"他轻轻一笑:"你来迟一步,他跟另一个女子走了。"月蓉睨了他一眼:"是吗?"她一屁股坐在床上,故意抢去景明的书报。这房里的光线还是不足,阴阴沉沉的,反而浴室的灯未熄,倒是亮光火猛的,只是背光,景明的脸孔蒙上灰暗影子,看不真切。他一手搭在月蓉身上,月蓉啧一声笑开,一下子甩掉了。景明仿佛有点恼怒,可他还是笑着,一个转身,迅速地把她压倒,万想不到跛脚的人原来自有一种蛮力。不由分说,他就狠狠地吻在对方的脸颊颈项——不像吻,近乎噬咬。月蓉头脑仍未清醒过来,景明早把她双腿分开。躺在床上,天花板灯光乍明乍暗,看了叫人晕眩。

事后月蓉并没有哭,不过临走前冷笑:"你哥哥强多了,你算什么?跛脚鬼!"景明一言不发,低下头。她抓起书报,狂扯一番,扬散在半空,头也不回地走了。

恐怕就是这样,她彻底死心忘记景雄。

她偷偷去制衣厂的天井边,倚在雕花窗孔探看。女工一个个坐着踩动衣车,轧轧声不停。老师傅吃力地拉开布料,一面面折叠起来,以方便裁剪。老板娘抱住孩子,手上端着小碗,喂他吃米粥。壁上大圆时钟指着十一点十五分，不算早了，良池怎么不在？月蓉站了许久，也不见他的人影。似乎走进熟悉的楼房，但是人去楼空——更加难受的是，别人照样存在，唯独是他，人面不知何处去。

她到良池的住处去。追问其他房客，才知道他病了好几天。掀开门帘，薄薄席褥上空空如也——是看医生去了？月蓉默默坐在上面，只嗅见淡微的汗酸夹杂着烟臭味，角落堆着好些衣物没洗，靠窗的小桌上有药水瓶，不知是止咳药水还是别的。月蓉俯卧良久，一点点记起良池的种种。月蓉只觉得熟悉的体味愈来愈浓，不禁嘴角微牵。想笑。泪却流了下来。

等了好一阵子，也未见他回来。她忽然记得饼家抽屉里的花生蛋糕，它还在，但是恐怕已经不新鲜了——她忘记拿出来，那种感觉是昏糊懊恼又失落。

月蓉悄悄下楼，经过二楼的"萧史看命"，忽然拉开铁栅，走了进去。那老头见是她来了，倒是笑眯眯的，亲自拉了张椅子，示意她坐下。他问了生辰八字，就在桌面摊开红纸，举笔疾书，月蓉惨然坐在老头子面前，等着命运的开局——揭开盅子，要自己认清生命这条路到底如何走。

多少人临危求神，遇难问卜，不到此时也不会想到这些。她苦笑起来。

是年年推算，还是大运逐次排开？或许命犯桃花，一生感情多纠葛。月蓉只渴望知道今生可有归属。来来去去的人影里，是否有这个可能性，牵住她的手，在风雨雷电底下，同甘共苦。她要活到现在，才有热切的希望。

　　这年月蓉二十二岁。

第四卷　芳艳芬

一　黛螺秘盒

六十年代中期，一九六五年还是一九六六年，几乎都有点模糊了。

卡哥撒酒店，从前总督瑞天咸的别府，如今改成高级宾馆，上流社会活动的聚集地。有一个现在调到外坡的老资格记者，当初还是刚入行，坐在摄影师的摩托车，上山绕着弯路，寻找酒店的踪影——回想起来，后来他追查金黛螺的事迹，兜转迂回，仿佛在一拐一弯处得到了启示。

他走近玻璃门，望进去，水晶灯像绝世稀有的透明水母，闪烁着颤巍巍的珠影光华，发亮的爪须布满全室，水底的人儿或坐或立，偶尔一阵笑声化作铃声，穿入空气里。他看见一个有名的局绅，手牵艳妇，并肩而行——据说是他的金屋第七钗。人们熟知此局绅的霸道脾性，却料不到面对温香暖玉，这人竟然流露少有的眉眼温柔。只是没有行家胆敢报道，索性视若无睹。从前社交版块记者虽然注意场面上的名花才媛，但万事总有避忌。

周末画报每期封面拍摄名流仕女社交艳妇，然而一般正经小姐太太不大愿意出来抛头露脸，除非是洋派一点的，另当别论。可饱读诗书者，并不以色相取胜，女学究的味道极重，实在不能算是佳人。

他一直惦记着，当年那期刊登金黛螺的照片，艳惊四座，多少人都在打听她是何方婴宛，谁家裙钗，议论个不休，身份好比是迷离的孽海花，一时有人猜测是名律师的未婚妻；有的证据凿凿，指她是东方舞厅的红牌小姐；大部分则咬定此妹是周旋于巨贾富商间的交际花。

金黛螺，芳龄介于二十二与二十五之间。

有人斗胆询问，她即微张杏眼，笑盈盈，梨窝显现："你猜呢？"记者想起当晚初遇，不禁悠然神往：她一袭玄黑雪纺蕾丝长旗袍，胸前肩上都缀着绽放的银灰色牡丹，兰肌玉肤透出淡淡粉红，一扬起头，更显得她长眉入鬓，明眸流转；态度应对得体，且媚而不荡，娇得有分寸，即使稍微侧着头斜睨，也不觉得矫揉造作，或者做作得近乎自然，似臻化境。

经过的宾客皆叫她：金，Kim。她一挥手，打了个招呼。

那夜逮了个空，替她拍张照片，镁光白亮，闪了一闪，金黛螺活色生香地走进了封面。

细碎耳语,探听出她是选美会中初露头角的。

只是并未获得任何名次。那届当选的是槟城佳丽刘玛莉。赛会地点在刘西蝶的联邦酒店,揭晓及颁奖选择在泳池畔,当晚大概没有人注意到金黛螺,还是用了艺名?想必刘玛莉的风头盖过一切:他倒记得刘氏一身镶亮片火红礼服,梳着玲珑宝塔髻,脸颊两边垂下美人勾。胜利者的笑容,往往是得意而灿烂的,过程中有任何波折,也不必介怀了,何况是个落选佳丽?后来也有好事之徒,向选美会的负责人多方打听,结果遍寻不获,总是说没有姓金的小姐——有人怀疑她根本不姓金。

就连这芳名也带着三分秘艳魅丽。

仿佛一头狡媚的女猫,不动声色地留下蛛丝马迹,引人上钩,一步步跟着她的足迹而去。

有人查出金黛螺与某外交官来往甚密,说是在安邦路一家高档俱乐部里,两人相拥而舞。为了加强真实感,说的人还肯定地指出当晚的女主角,穿了一件天蓝色镶着细珠坠子的薄纱长裙,背后开V字形至腰际;烫过的秀发,如藤萝似的一勾一卷,倒垂下来,遮住了背脊。他们叫了声金小姐,她徐徐回首,扬眉嫣然,款款地走过来,低语:"真不好意思,我有朋友在这里,改天再谈吧。"懒洋洋的爵士乐,永远像是沉溺在漫长的灯昏酒光里,缠绵不愿苏醒。那人不过略问数句,马上有外交官的下属来干涉,客气地表示他们暂时不招待新闻记者。

有件小事，反而使报界对金黛螺产生新的评价。

当时一位颇具名声的华人部长，于其官邸宣布一项影响力深远的法令。各语文报纸的记者守候在高耸的铁花大门外，一直等到阴云泛黑细雨翻飞，才传出消息，于是众人一拥而上，其中一人让警卫推倒，受了皮外伤。翌日，那警卫竟自动上门道歉，腼腆含笑："金小姐的朋友也就是我的朋友。"采访部的人员无不啧啧称奇。有的忍不住冷笑，认为是金黛螺的伎俩，以博取人心，甚至还猜疑她跟该部长是否有特殊关系。的确有人目睹他们双双在慈善晚宴的舞池里跳慢四步，部长的步履笨拙，不比金黛螺衣衫微荡裙摆飘逸，似乎要舞入荔枝红的灯火灯影里——部长夫人也鼓掌不已，以示赞赏。

那时节大红大紫的几乎都是香港明星。林黛之死，报纸隆重其事地报道，闹哄哄的；又或者小丁皓嫁文冬林公子，也渲染得无日无之。南洋地方缺乏影星，极需远方日月星辰的辉煌，来换取膜拜。金黛螺仿佛有点不一样，本地的消闲杂志主动找她做访问，请她上影楼拍照：坐在藤花蔷薇缠绕的吊床上，金黛螺清水脸孔，只在唇上略点胭脂，脸颊枕在手臂上，眼睛星芒微闪，如梦如幻，是酷爱红尘的仙子。人们惊觉她原来拥有各种脸孔，朝夕变换，清纯少女、风流贵妇，冶艳和含蓄，千种气韵集于一身，似仙似魔。她待人接物，玲珑八面世故圆滑，对答如流字字珠玑。

访谈录里，金黛螺回答的话语别具一格——喜欢的运动，下雨午后在厨房洗刷盘碗；钟爱的颜色，雨后天清的淡淡霓虹；最欣赏的异性，莫过于正在劳动中思考中的男人。清新俏皮带着点出人意表，文章刊出，许多人都留意到了。

她曾替某香烟牌子拍过月历女郎广告牌，这牌子的烟草已经淹没不在了。金黛螺一帧帧艳影玉照，确是绮丽芳年的象征：一个月一个造型，摩登仕女、旗袍苏丝黄、马来艳装，甚至是池畔泳衣上阵。唯见金黛螺跪坐着，以一顶大草帽抵住胸前，神情幽幽，若有所思。另有一两张，竟然是古装美人，一个罩上轻纱薄衣，提着宫灯起舞，身后有明月团团升起，想必是嫦娥奔月图；一个手扶花锄，低眉拾起落英残红，理所当然是潇湘妃子林黛玉。多年后有不透露姓名的收藏家，认为这月历广告尽显金黛螺的盛世风华，不知胜却多少人，收藏家追查下去，才晓得马来半岛还有这么一个金黛螺。

有人说她不过是昙花一现，花身舒缓绽放，芬芳扑鼻，一夜成名；之后凤飞珠碎，不留一点艳迹在人间。时间短暂得容易让人忘记，一个错失，转过身，年华逝水，记忆保留得久远的，不过是曾经领略过金氏美色的报界老人。

据说，坐落在黄金地带的五星大厦，放的是金黛螺的名字。单是收租，也可供后半世生活——那是富豪林翰裕的产业。之前听说林夫人颇为不满，但又无可奈何。一九六九年暴乱，附近房屋少不了叫暴民抢劫一空,可只有五星大厦丝毫无损,当时金黛螺未及三十岁,已属半退隐状态,却反而是花儿开得正旺的时候。

难得一次亮相,都选择在慈善表演舞会。

打开车门,轻举手,笑意漾漾,态度依旧亲切;只是戴上了太阳眼镜,像一种防卫的武器,又像刻意低调,这一来反而高调;穿了一袭枣褐色套装,半点风情也不愿暗泄;秀发全挽在脑后,梳成一个髻,然而两边晃动的玉坠子,似乎透露着不安分的意思,一转头一回身,光芒明灭不定。她为善最乐,一万两万捐献出去。宝岛歌王青山的演唱会,黛螺一曲五千元,赢得不少风头。这上了岸的妖姬,已然有了雍容淡定的大家气派,虽然老法的艳媚还在,但已吝啬使用了。

行家招呼一声:"金小姐,拍一张相片!"她止于浅笑,没有诸多姿态。访问时,三言两语,立即打住,台词精简得不得了。

谁会想到金黛螺三十五岁那年骤然去世。

他们听见消息,马上选用当初一帧档案照:卡哥撒酒店外,金黛螺匆匆而过,提起裙裾,记者群里有人眼睛一亮,机不可失。她嫣然一笑。嚓,从此走进历史里,一直到现在。

许多人从报章上得知,她原来不叫金黛螺,本名是钟黛芳,极陌生的名字,简直是另外的一个人。

二 一枝红艳散芬芳

女仆们在大街凤凰木下找着了蝶芬。

带着她去见金蕊——金蕊适值身体欠佳,斜签着身子在花梨木嵌螺钿贵妃床上,手指却不忘夹着纸烟。蝶芬在她跟前,一字一句,清楚地说:"我不要留在这里。"金蕊脸色一沉,伸手一掌掴过去,蝶芬照旧睁大眼睛,看着外婆。金蕊喝道:"你们是双生的,你怎不学学黛芳?"蝶芬不语,睫毛沾泪,欲滴未滴。那年她才十岁,就想离开钟家大宅。

大宅的女人们其实有点怕她。

蝶芬天生能够倾听小兽小虫的话语。她老是抱着一只玳瑁猫儿,坐在天井的蔷薇架下,轻声呢喃,猫儿仰头低唤,像听懂她的意思。有时蝶芬静静不声响,须臾,说一句:"门外有狗,赶走它。"女仆不信,忙将后门开了条缝隙张望,果然有只烂尾巴的瘦黑狗,目光灼灼地行至门口。

传到金蕊那儿,她忽然觉得阴风飕飕,仿佛隐隐觉察出玉蝉的影子就在这里,未走远。蝶芬体内潜伏着玉蝉的疯狂的种子吗? 金蕊背后一阵寒冷,不懂为什么这个想法一直挥之不去。

她算是走过来了——当年玉蝉囚禁在房里,闹过几回,都被挡掉了,玉蝉要生要死的,嚷叫着女仆去取婚纱,穿好,马上举行婚礼。哭声震天,咒骂金蕊的粗言秽语没有断过。后来终于把她送进北边的一所精神病院。金蕊记得,玉蝉跌坐在洋灰地上,穿制服的陌生人搀扶着她,她但笑不语,整个人柔软无骨似的,然后闭目笑叹:"好了,他们接我去享福了。"玉蝉头也不回,让人扶进车子里。那一天,太阳沉没在云光里,而多年不见天日的玉蝉,却一脸温婉凄清的神情,不现凶悍之色。

她不再回过头来。女仆站在庭院的阴冷天色下,哭出了声音。

金蕊抱着胳膊,只觉得晨风寒冷,足下金莲点点麻痹起来,踉跄了一下,丫头忙扶住。她微闭着双眼,思绪无端地生了翅膀飞起来,当年奢望生个儿子,临盆时躺在床上,一阵阵刺痛如海浪拍打个不休。给我个儿子吧,她仰起头,咬着牙根忍痛,却又猛打战儿。产婆叫她用力,说是要出了,忽然她看见一个女人,立在帐子旁边,薄纱朦胧,看不真切,女人轻笑,金蕊抓住床褥,手指用力过度,痛得不能支持。两腿张开,想必即使权重一时的武后慈禧分娩也应如此——一阵暖热湿漉，有一团事物突围而出，刹那间，日月无光。

帐子前女人又微微一笑。

声音无比熟悉，是银蕊——她来看看金蕊如何好命幸福，见证上天是否眷顾如斯，给了她荣华，又给她子嗣。

金蕊睁开眼，纱帐外，银蕊嘴角一丝冷笑。

这刚生了头胎的钟家少奶奶欲反讥几句，却难禁两行泪涌上来，帐外没有什么人了。

阳光总是在躲着什么，昏昏沉沉，玉蝉坐上了那白色车子，以后不会再回来了。登时整三十年的重担一下子卸了。银蕊魂归何处，她想跟她说，当年欠的都由玉蝉所给的诸般折磨还掉了——金蕊不得不信命。她一扭一扭的，丫头小心翼翼扶着，那裙下金莲缓步轻移，倒已踏过不少春秋，日本鬼子时代，红毛鬼子殖民地时代，都一一走过，风雨巨浪，凶险劫难，金蕊从来没有畏惧，真的，除了这唯一由自己体内流出去的血肉。

她梳妆停当，一身玄黑香云纱，坐镇在梅苑柜面。也无须任何亲人，只是一坐在这位子上，仿佛回到老巢，再舒适也没有了。

蝶芬黛芳的姊妹恩仇却一如酬神戏，幕幕在眼前上演，好像提醒金蕊往事的是与非，而银蕊讽刺的笑意一再浮现。

那一年，两人皆七岁。蝶芬抱住猫儿，哭着夺门而出；黛芳一人坐在洋灰地上抽泣，金蕊喝骂着，不让她哭，见她呜咽声不止,命令仆妇拿了一面镜子来,叫她照照看,自己哭成什么样子了,金蕊笑道:"像花面猫。"黛芳见镜里人面,反而哭得越发厉害,嚷道:"我不要跟她长得一样!我不要!"金蕊心神一惊,也不知道有何怨仇,叫她们恨意难消。可到底两人容貌神态,却相似得丝毫不差,若是凡夫俗子,想必分辨不出,何者为芬,何者为芳,小时候的声音,其实亦一样娇嫩稚气,但有谁叫错,她们一概不理会。

每次做衣裳,两人都极不愿意制作相同的款式,偏偏她们喜欢的事物又非常接近。每次过年过节,只要目睹对方也做一样的装扮,便老大不高兴,连忙进房里去,多添一条蝴蝶结,或多加一个头上的花绒球,也是好的,至少有了迥异之处,就等于与对方划清界限。

年纪渐长,她们反而不愿表露不和,尤其当着金蕊的面。金蕊淡淡地投了一眼,黛芳立即闲不下来,趋前,轻声向外婆问好;蝶芬则把脸颊贴在猫儿身上,也不说什么——自此蝶芬不跟金蕊靠近,只因为她不想和黛芳一样。

在过去的饮食行业里,梅苑杨金蕊女士几乎是一个象征。后来一九五五年,遭遇一场大火,是相隔几间的五金店电线走火,蔓延至梅苑时,已经凌晨时分,只见火舌乱蹿,火焰狂舞,整间梅苑在火莲花簇拥下,墙倾窗倒,化为残楼废院。

金蕊赶到现场,倒是沉得住气,莲步姗姗地走近,只觉得一片漆黑，弥漫着烟焦炭臭之气。金蕊微笑不语，以眼角再瞟了废瓦断垣一下，就不再回头，坐上三轮车回去了。

没有多久，那梅苑旧址围起一个高板，里面开始施工，日夜敲打个不休，每日奔忙而过的路人浑然不知，半年之后，新梅苑竟重新开张——报刊上登了广告，大事宣传，单色套版，精制楷体标明是新式冷气大酒楼。楼高三层，每一层楼皆有名堂：明珠宫、凤凰宫、福寿宫，还重金礼聘书法名家执笔落款，各有对联一副，增添风雅，天花板上悬挂起大盏水晶珊瑚灯，金芒晶亮，煌煌富丽。金蕊穿一件银灰长旗袍，胸前绣着粉紫色的寿字团花，她略施脂粉，眉眼笑语，得体大方，身边还有个黛芳，像个小公主似的，傍着皇太后。他们背后都说金蕊有办法，又听说她当年与英国人做生意，存了不少钱，似乎投资在树胶园，市价好的时候，又转手套利，梅苑算得了什么？有的人见识浅陋，顿时瞠目结舌，说金蕊一个妇道人家，到底有何本事？懂得内情的不禁冷笑，直言她的红毛话恐怕也能把外国的月亮骗过来。

从前那司厨的大师傅已故世，而七姊也跟着荣休，在姑婆屋颐养天年，新梅苑正式主厨的是大师傅的徒弟阿运，据传金蕊还得考一考，才让他坐正。

由黛芳一人到厨房传话，说是要先上一盘炒豆苗和红烧豆腐。阿运明白金蕊的心意，特地要试他家常菜的功夫。于是阿运战战兢兢的，控制火候，掌握咸淡的分寸，尽量保持鲜味：豆苗嫩,上盘时仍是翠绿的;而豆腐烧得皮脆里嫩,咬上去自有一股焦香。金蕊动了动筷子,微微颔首,叫黛芳也来试一试。黛芳夹了一口,然后笑道:"豆腐算是这样了。"金蕊便道:"是难为他了,现在哪有什么现成的大厨师?纯正家乡菜也不行了,要顺应潮流,南洋地方喜欢吃辣,免不了要加辣椒胡椒,菜牌上也得加上咖喱鸡呢。"外头老伙计袖手谛听,谁敢多事?只是眼睁睁地看着外婆与外孙女一说一笑,像闲话家常一般,决定了梅苑的大厨人选。黛芳从此就长期陪在金蕊身旁,她不过是十六岁的姑娘。至于蝶芬却不问琐事,自顾自地在家里,与猫儿狗儿为伍。

三　迷失芳踪

　　何荣秋半生中追缠新闻名人的足迹而行，当然最明白政海浮沉、官场变幻莫测的真谛，当日一个寂寂无闻之辈，可以一跃而成炙手可热的红人，也可以从万众瞩目的英雄，转眼沦为阶下囚。他冷冷地举起照相机，一手执镁光灯——那时还未有同步的闪灯，须要两手持拿。焦点人物其实少不了灯光、掌声的衬托。何荣秋长得清瘦，削削两腮，幸好眉目清秀，看起来并不讨厌，而且采访时从不多话，只是一开口，往往从无关痛痒的话题开始，之后才切入要害，予人以措手不及之感。

　　如今即使论资排辈，也该他写回忆录了。可何荣秋不过嘴角叼住一根骆驼，笑笑，也不作声。他无疑是许多重要历史的见证人，即使不触及政治敏感的中心，只在边缘地带写写花絮记录逸史趣闻，也不是不行的，反正一般读者要求不高。何荣秋笑道："这种钱不是我们赚的，你以为是美国？搞秘史内幕就能卖得洛阳纸贵？我可不想老来享不到福！"从新马分家、国父东姑下台、五一三事件、吉隆坡大水灾细细道来，至少十大册。一直到后来马共瓦解，何荣秋也不愿执笔。

愿意记起的无非是小事。时代巨轮滔滔转动，惊天动地的变化，也实在不必劳烦他来提醒：红尘俗世的人们的心思更敏锐，老早就觉得了。何荣秋恍惚中欲回到小弄里的酒馆，叫作"蓝天使"。偶尔采访之后，贪图方便，就进去喝一两杯，那是六几年的事了？开始懂得懒洋洋的爵士音乐，领略醉坐笑看众生相的乐趣。进门，通向小吧台的长廊，有三两个圆凳子，供人休息。顶上漏洒暗黄色灯光，一角挂有多幅爵士皇后比莉哈丽黛的黑白照片，演奏台上弹起波萨诺瓦旋律的曲子。

他缓缓走过，一个女子坐在圆凳上，手上握住长管杯，杯里酒光银芒晃摆，像盛了半杯月光，或者把星月之醇醪饮入喉咙里。他只觉得呼吸顿止，之后飘然若醉，身后的音符一点点不见了，最后归入寂静，他忽然认为她的存在，才是一种声音，花声月音，未开口，他已感到她内在的一切。

她手指夹住香烟，也不抽，光是夹住，一缕烟光袅袅升起，一头秀发从一侧掠在一边，压住一道眉毛，露出墨晶点点闪烁的眼睛。身上是一件墨绿色无袖晚装，外面罩了火红披肩，像无端地把一抹火云晚霞披戴在身，极艳极火炽。

你一个人？何荣秋不过是礼貌地问一句，事实上她怎么会没有男伴？然而她却点点头。

回想起来，那懒洋洋的歌声，飘过时间的天涯，恍惚迷离，根本就是一场梦。

她先提出，叫他送她回去的。从国会路驶上去，是较为僻静的地段，一间乳白色矮洋房，外面搭着蔷薇架。夜深露重，仿佛也嗅见朵朵蔷薇花的芬芳，迤逦在空气里。她且不进屋，倒是坐在花架下，抽出一根香烟，点燃了，一点微红星火，在脸孔上闪动，分外诱人。何荣秋顺势拥住她，吻其耳垂，然后往上搜吻。她呼出一口气，以手搭在他肩上，任由温热唇瓣如鱼游动。他记得当时庭院，无灯无月，黑暗里虫鸣唧唧，近乎蠕蠕不安的咬嚼之声，还有无所不在的花香，香得晕眩欲醉。须臾，她吸了口烟，缓缓说："有人来了。"他一回头，果然见对面的碎石路上正有一辆车子，亮着灯驶过来。蔷薇架后有个角门，没有锁，何荣秋悄悄推开，很轻易地走了出去。

像鬼故事里的艳遇，没来由碰见一个神秘美人，然后翌日发现大宅原来是废园。绮丽春梦的主角不过是一具白骷髅。其实他要女人，门路可多了，尤其是新闻界消息灵通，风月冶游之地怎么没听过？即使有名的高级艳窟，也不止那三两家。

何荣秋已有女友，是在洋行做事，当个女秘书，很有女子的娇俏甜净，总是要他捧着她，哄着她。每个星期六，他务必到她家里报到,陪其家人吃饭,替她的弟妹补习功课;有时问他报馆有什么独家新闻。她父母笑眯眯地坐在沙发上,像是专心收听广播剧,当作娱乐。

星期天还要陪她上教堂,之后去公园、逛商场,一天就这样过去。她叫何丽莲,教名是姬娜,中文只有小学程度,却懂得听崔萍潘秀琼的时代曲。这何小姐自有一套关怀备至的方式:荣秋熬夜口角溃烂,她便打个电话到报馆,吩咐他晚上来喝洋参菊花凉茶。

他到底没有与她结婚——负心汉的恶名跟着他,差不多有一年时间。

然而萦绕在记忆的,反而是女人肌肤体香带着蔷薇甜馨的气息。

拿督刘世球娶媳在贵宾酒店宴客,顺便在现场捐献五千元于慈善机构,报界免不了要派人采访,何荣秋适逢无事,乐得去走一趟。坐落在第十二楼的月华殿,走廊极长,踩在厚甸甸的红地毯上,悄没声息,两边都镶嵌着玻璃镜子,金黄色灯盏左右照射,晶亮迷离,很有点不真实的感觉。迎面一个仿月洞门,中间挖空,就有一个中年男人,穿着蜡染传统花衬衫,戴茶色眼镜,一手挽住个艳女,大剌剌站在接待处签名。何荣秋乍眼一瞥,还未认清,他身旁一位摄影记者低声道:"看,那是金黛螺。"何荣秋目光触及,不觉心头一震:她已经是另一种装束了。

秋香色娘惹装，颇为合身，腰是柳腰蛇娇，梳得一头油光水滑的高髻，轻点绛唇，嘴角却不带任何笑意，冷艳到极点。

何荣秋盯住她，心想原来是金黛螺，怎么会没有想到。她竟也会去蓝天使。此时金黛螺身边的男人颇有来头，建筑业巨子罗建业——想必那国会路的白色洋房是他的房子吧。当然罗某人从来不缺女人，据说在东方舞厅里，曾叫遍全厅舞女坐台子，一打赏就是百元美金；而门外的士司机即使没机会做他的生意，只要这罗老板乐意做其财神爷，见者有份，无不笑嘻嘻地袋袋平安而去。

她回头一望，仿佛天后从辽远的天涯海角，淡漠地投过来一眼，一切韵事艳史尽化云烟，前尘纷纷四处逃逸无踪。他知道了，马上转过身子，装作没事人一样，与摄影记者执行任务。他想多年后也许会忘得干干净净，像朝露遇着太阳。消失无踪，根本不必当一回事。

月华殿偶遇之后的第二个星期，是个礼拜天，他一早就踱出来，到水罗松菜市场大街茶楼去喝茶。坐在角落一隅，茶烟冉冉，人声鼎沸，他叫了一碟碟的广东烧卖、排骨、凤爪等点心，慢慢品尝。门口伙计招呼着客人，正值生意旺盛，位子不多，都劝茶客搭位子，伙计带着一位人客，要对方坐在何荣秋那桌。他不以为忤，一抬眼，却是金黛螺。

何荣秋在大白天见到她，还是第一次——完全舍弃了艳丽的打扮,不过是绾起头发,穿一件淡紫色衣裙,脂粉不施,然而那双眼却是光华灿烂,灼灼地看着人。他正思量如何面对,金黛螺倒率先笑了一笑,说了声:"真巧。"他也只好微笑了。茶楼外天光明澄,车声喧闹,他却奇异地和刹那间相拥相吻、迅速又分开的女子遇上了,仿佛有点荒谬而戏剧性。说什么话题,都像掩饰着,可她倒是落落大方,唤了伙计,拿来了荷叶饭,并叫何荣秋慢用。她咀嚼之余,淡淡地解释:"我没想到你是新闻界的朋友。"他笑道:"我可不跑娱乐圈,认不出是你。"金黛螺哎一声:"至少你认识我身边那位男士吧。"何荣秋不愿置评,唯有含笑不语。当然他听见过太多做别人情妇的名女人,类似的故事不必在当事人面前一一张扬。

她用筷子在空中点了点:"荷叶饭还可以,这茶楼的老师傅从前是在我外婆那儿做点心的,说出来,大概你不相信,我从小就在茶楼里长大,你知道谁是杨金蕊?"金黛螺娓娓道来,他也不晓得是否杜撰作假,或者信口开河——她们天生有创作的本领,一张樱唇能言善道,百伶百俐,编造各式谎言,绝对不是难事。他见过的容貌绝佳装扮得体的女士,都少不了有撒谎的天赋,且面不改色。基于职业病,荣秋不得不作如此想。只是另一方面,他实在难以抗拒眼前的金黛螺,她此刻又是另一种美,是那蔷薇架下的她,可又不像是她。

他忽然低声问:"那蔷薇花还在吧?"

金黛螺眉毛也不抬，盈盈一笑。

之后她没响应任何话语，不过闲闲地提起稍后的行程：到地母庙祭拜已故的表姊，探望表侄女，并打算包辆出租车，专程载她出门——"霸王车"——金黛螺笑着说出这三个字。那个年代街道上总是有这类旧款马赛地改装过的流动汽车，都没有漆上出租车规定的颜色，有点打游击的味道。

何荣秋差点要开口说，倒不如由他载着去。约莫到了临走前的那一刻，金黛螺舔了舔嘴唇，忽然寻出了一管口红，三两下涂抹了一番。没有多久，艳红欲滴，衬托得眉黛如画，杏脸莹白。她思索了一下，像斟酌着什么，然后说："下午没有事情吧？喝杯咖啡，怎么样？"他哦一声，算是答应了，却仿佛不能相信，脑袋轰一声，进入了一个真空世界，周遭的声音都变得模糊不清，不能还原。一切像白日做梦，或者像平常日子里无端停了电，平白多出了一大截时间，心里乱糟糟的，摸着黑，却又找着了微光，莫名地欢喜异常。

说是约在刘宝安茶餐室——那种老式咖啡店靠近印度街，下午没有人，不大惹人注意，即使有顾客，也不过是印度同胞。他叫了一杯黑咖啡，轻尝小口，但不愿意一下子喝完，免得伙计又来追问还要喝什么。何荣秋一直记得那天茶餐室里，有妇人和一个男人吵架，一句来一句去，用语甚为粗俗，显然是那男人输光了钱，不能给钱买菜，妇人便对准他来开战。男的发火了，恨恨地发了连珠炮的三字经,女的也不示弱,拍桌子以生殖器俗名回敬。男人发狠,扯着她的头发,左右开弓。其他茶客皆笑嘻嘻地看热闹,何荣秋只觉得如坐针毡,惴惴难安,只想着她为什么还不来?

芳踪不见,直到闹剧结束,下班人潮涌出街道,也看不到金黛螺的影子。

他装作不在乎,淡然离去。

仿佛是惯性的,何荣秋再次来到蓝天使。灯光幽暗,爵士乐有如一缕冷凉柔软的轻纱,飘出走廊,人影模糊,但也不乏袅娜的身影。他握住一杯玛格丽特,麻木地倚着柱子,心里却有反常的奢望,以为不久她就会翩然而至,笑着解释失约的理由,然后依旧邀他重返那间白色洋房。他闭上双眼,想象着那蔷薇架上的朵朵幽红瓣蕊,舒展开来,芳香赤裸裸地散发,拥抱着他,包围住他,无所不在,她吻他的一阵暖热,一如当晚。睁开眼,她却消失了,近乎滴落香水在手背,芬芳扑鼻,没多久,蒸散无痕迹,只余淡淡幽香。

是梦中的艳魄香魂,从此不在人间一般。

回到现实,何荣秋直暗笑自己天真。之后刻意患上失忆症,跟谁也没有提起过。

过了好一段时间,他们又说金黛螺跟了另一个男人,而之前那位拿督闹了一件被绑架的案子,惨被撕票,轰动一时。金黛螺分属前度密友,有些小报免不了撰文渲染。何荣秋听见报界朋友淡淡提起,语带不屑,似乎这种周旋于上流社会桃色帘幕后面的女子,不过如此。接着还透露近期将刊登影射性的连载小说,以绑架事件为经,香艳秘史为纬,女主角唤作玉玲珑,而明眼人一看就知道其中奥妙——事实上,是几个人在接力合写。对方问何荣秋是否有兴趣,捞一笔稿费。他声音忽然沙哑起来,可是口气尽量淡化,笑笑拒绝了。

四 蝶幻

蝶芬一直等到十七岁那年,才出走成功。

后来有人辗转听说在马戏团里,看见一个女子穿上火红镶亮片的舞衣,亭亭立在马背上,马儿缓缓行走,身后一个个立起的大火圈,底下猛虎蹲着;她玉手一挥,虎儿立即穿过火圈,哮声连连,好不吓人。那女子回头,倩笑,他们还以为是黛芳,仔细看,竟是蝶芬。灯光忽红忽绿,一下子幽蓝橙黄,或者人有相似,也说不定。钟家仆妇嘀咕着,有的认为无稽,有的觉得不无可能。

她们依稀记得每次经过蝶芬的房门,就好像当年窃听玉蝉呓语一般,那种自问自答的语气如出一辙。她们偷偷掀开窗帘,凑上前去看个究竟,一伸颈目睹,腿登时酥软了。唯见房里黑漆漆的,稍后则发现蝶芬盘坐地上,竟有点点碧绿火影滴溜溜地飞转,围着她舞动。蝶芬细声笑道:"好啦,我会跟飞蛾姊姊求情,让你们暂时栖身在河沟草丛里。"手掌一张开,那无数萤火虫一只接一只,排成队伍,直在掌边打圈子,形成光磷磷的圆轮,又像镯子,戴在蝶芬的手腕。她咯咯笑着,手一甩,萤火虫马上聚成一团,汇成绿莹莹的云影,翩翩飞出窗口。

躲在一角的仆妇吓得不能言语——她们迷信鬼神,认为蝶芬绝非疯癫,而是具有灵异力量的能人。从此钟家下人再不敢顶撞蝶芬,反而益加恭敬,生活上幽微而难以解释的琐事,往往都依照她的吩咐——什么早上东北飞来一群麻雀,万万不可赶逐,须以米谷撒地,让它们享用;然后把晒干的柚子皮散落一旁,引麻雀啄食,等到它们察觉不对,弃之落地之后,捡起柚子皮藏于枕头底,晚上梦见何物,则可买字花发横财。少不了有人去尝试,果真灵验,此事之后,她们更把蝶芬奉为神祇,处处请教——只是必得要她乐意,才能顺利。

梅苑酒楼几乎是黛芳当权,但一走进钟家的深深庭院,仆妇们则完全信服蝶芬。好比泾渭两水,分得一清二楚。

仆妇记得那个午后,太阳极为猛烈,一大片金光金网兜头罩下来,蝶芬以手遮住,来到后门,打开,跨过去,就这样走出去,头也不回。似乎连行李也不必带。这一走,只留零星事迹供人谈论。

她们说蝶芬的血液里有着玉蝉特有的神异灵通,有的甚至说是过去附在玉蝉身上的灵怪，如今化为她的女儿——黛芳又是另外的化身。两个厉害角色却互不见容。如果没有撞见黛芳，则万事可以商量，若是看见那同年同月同日生的亲妹妹，就逢事不宜，蝶芬是怎样也不会答应的。即使是姻缘一事，亦是如此。曾有女仆欲求姻缘，蝶芬立即叫她以红丝绳绑住一棵琼花，另一股绑住自己的手臂，未几红鸾星动，和外面一个卖五金的男人相识相恋——可后来据说黛芳无意经过阳台，端详了那棵叶瓣怪异的植物，不久，琼花一夜盛开，香气四溢，这段情便无疾而终了。有人问起，蝶芬但轻轻一笑，并不言语，他们底下纷纷猜测，少不了是因为黛芳是她的天敌，稍微接近，也就法力消失。

之后蝶芬却补了一番说辞，近乎荒诞——说是七月半从后园飞来的蝴蝶传送消息，那琼花公主近日即将婚嫁，若是凡人欲求婚事，大可乞求琼花。殊不知公主天性浮荡，经常成婚又闪电似离，而花开之日，既是情事有变之时，且也殃及施法之人——胡言乱语，仿佛玉蝉再世。

不过蝶芬意态柔顺，神情娇俏，不像生母的狂悍阴狠，她家常衣裳也只是几年前的旧衣，从不讲究排场，也不挑剔吃喝，偶尔瞥见金蕊在厅堂挑选上好燕窝则冷眼不作声，任由黛芳在旁侧殷勤献媚。她倒是不曾享用，通通便宜了黛芳，三天两头频频以寿字团花米通碗盛了，躲在房里一羹羹吃着。

蝶芬却择一有月光的夜晚，把一个脚盆搬进自己的房里，嘱咐仆妇烧一壶开水,倒入脚盆,接着关严房门,敞开窗,让月色幽幽映入房中。蝶芬早采了水罗松后街旧池塘的睡莲数朵,摘了莲瓣片片,撒在脚盆水面,未几泛起阵阵花香。于水光月色之中,蝶芬立即款款地坐落盆里,以水沐浴。翌日,就有人惊觉她容光柔丽异常,透露出难言的风姿美态——跟黛芳的刻意装扮,显然不同。故此人们轻易地分辨出一芬一芳。这已经和姊妹两人的意愿愈来愈近了,她们力求划清界限,她是她,我是我,一枝红艳开两蒂,却奢求着吐露完全没有身世相关的馨芬沁芳,各有各的一片香雪海——黛芳缓缓走入世俗的名利尘网,以一抹霞光姿态闪入了茫茫人海;蝶芬则自行封锁了一切人情交往,沉溺在异艳奇丽的个人空间里。

蝶芬的美容异术,吸取月光精华,窃偷了睡莲花神的一缕芳魂,以使自己增添艳丽——钟家仆妇津津乐道,辗转传到金蕊的耳中,她则不留情面地斥责:"少给我装神弄鬼,我才不会怕这个!"

她们还记得玉蝉被送进丹绒红毛丹的精神病院的那天。谁也不能确定历史是否会重演,金蕊把蝶芬当作疯女,推进那不见天日的所在,一了百了。不止一次,仆妇听见金蕊痛骂蝶芬,说她好事不干,专门胡扯乱说,迟早要收拾她。好在仆妇经常温言相劝,息去金蕊的怒火。

唯一让金蕊动容的,是一次上灯时分——她们三人在偏厅吃饭，丫头把电灯一一开亮了，头顶一盏钟吊水晶灯，灯色微黄，也不大刺眼。金蕊黛芳径自以筷子夹菜，可蝶芬却坐着不动，须臾她们才发现蝶芬双目流泪。金蕊喝道："什么事？"蝶芬凄楚一笑。别过脸去，一直等到深夜，外面有人传话，说是范家出事了。黛芳披上外衣，奔至大厅，但见蝶芬坐在贵妃榻上，说："月蓉表姊过世了。"黛芳头皮一麻，眼泪止不住簌簌而落，就这样子哭出来。

之前是另一个表姊月芙。据说是在晒衣裳时，一个不留神靠在栏杆，栏杆松脱，连人带衣，飘荡荡地堕落街心。倒是没有当场死，送进医院时，她还微张双眼，似乎有话要说又说不出。这一回是月蓉难产，折腾了半夜，孩子才出世，因为流血过多，天亮前月蓉就走完了人生道路——姊妹一前一后走了。惜妹伤心欲绝，一日好像老了十岁。

那个晚上蝶芬来到后门，静静地烧了一些纸钱。月儿刚值上弦，浅浅一勾，光华清冷，她蹲下来，月色落入掌心，一会儿，两只粉蝶缓缓飞向掌心，一只停在指头，另一只则在手背驻足。好一阵子，蝶儿方才轻轻地飞走了。

五　花月痕

　　美丽华酒店的咖啡厅请了个厨师,会做奶酪芝士蛋糕,名媛太太们购物后便拉大队杀至现场享用,偶尔碰见金黛螺与男伴喝下午茶。她戴了两角飞翘的墨镜,像个女飞贼,但一身却是火红,就连脸上也是粉白脂红樱桃唇,倒看不出什么。她们絮絮议论,暗地里互相传着那个凶悍女人葛蕾莎·彭的名字,说是上一次男人的老婆派人来教训她,赏了她一巴掌。芝士蛋糕端出来,细腻绵软,且浓淡得宜——一羹一羹的,一个个养尊处优的女人懒洋洋地放松腰肢,一口口尝着甜点,然后以星马腔英语咀嚼着男女间的是非,再不济也懂得加上一丁点粤语,了解"蜘蛛精"的寓意。她们的男人都是公司举足轻重的决策人,经常在马会贵宾厅应酬,股票买卖赚了钱,就相约到俱乐部打打保龄球,然后去中式夜总会听歌跳舞,凌晨还要驱车往雪兰莪港口吃海鲜,一路晨风吹拂——极典型的六十年代中产阶级的生活——树胶价格时好时坏也不受影响。

传说中的人和事特别有悬疑性。

她的另一个男人——她的男人总是比眼前所及要多一个。

其实也是若隐若现，约莫是这一个，又仿佛不是，分明有蛛丝马迹，却没有真凭实据。她们附耳低语，道出一个名字，惊笑不已：是他，难怪。可是若没有小圈子的风月艳史来点缀，这一切总会觉得缺少些什么。名媛太太们事后转移阵地，到安琦琳精品店，却惊觉那金黛螺已抢先一步了。她慢悠悠地翻看布料样册，一页页，带一点漫不经心，十指猩红，在灯影下闪烁着，自有一种悍艳。她们表面上仍维持蜻蜓点水的礼貌，颔首微笑，打个招呼；一面搜刮着名牌，但瞥见有个男士西装革履，立在身后，面目俊俏，却流露出文气秀逸，不像是赚女人钱的小白脸——忍不住私底下交换情报，打听他是何方神圣。

金黛螺找到了一块满意的料子，回首媚笑，让那男士也看一看。他垂目笑看，也不忘点头赞同，看来感情匪浅，那个拿督想必已告吹了，还是一脚踏两船？反正没有婚约，情海浩荡，舟游帆影，无不可来可去的。只是金黛螺当然不会空袖了无痕，据说金马仑山上有间小别墅就归她所有。她们絮絮道来，仿佛亲眼所见一般。来源是否有问题则不得而知。只因为有利害关系，大抵女人都是同行如敌国，知己知彼，提防金黛螺入侵，势必要在各自的男人身边布下天罗地网，不让金黛螺乘虚而入。在她们的眼中，即使是争夺一件名家的吊带复古长裙也是一场如火如荼的战争。暗地里她们未尝不想当一个像金黛螺似的万人迷，一试群蜂包围的虚荣滋味——是公敌，也是艳羡的对象，这种错综复杂的心态，反射于嫉恨目光和语气口风之中。可无论如何，那几年金黛螺风头算是出足了。

与吉隆坡火车站遥遥相对的大华酒店，那一年举行圣诞节慈善舞会，城中名人云集，金黛螺笑盈盈地立在旋转门边，便是个美丽的焦点。当晚有个吴浩云律师点她上台高歌一曲。金黛螺脱了幽紫色披风，唱了首《月光河》，歌喉略有沙哑，没有清越娇脆，却流露着平稳而有分寸之外的一丝诱惑。

她戴着一顶圣诞老人的红绒帽子，增添佳节喜气；身上是冰纨白丝，一舞动，闪起银光珠影。吴浩云坐在底下，轻轻拍掌，旁边一盏郁金香灯儿，煌煌地泛起微光灯影，像守着什么似的。迎接圣诞平安夜，男女欢悦祝酒，互道祝福。吴浩云挽着金黛螺入座，她嫌热，脱下玉色长手套，他连忙接过去。她睨了他一眼——认识他根本是计划之外的事，不期相遇，完全乱了步伐。他并不在她的名单里——不在网里，偏又跌入网里，差点自己也和他一起坠落下去，不愿醒来。

她老早就立定誓言，要做个心狠手辣的楷模——姿势可以柔弱，却是以退为进的手段。查根究底，一则名女人别传里到底

217

少不了许多男人的陪衬,或者当拱月的群星。她理直气壮,自以为是一弯金灿灿的杨柳月,光华照耀九州岛,自然要他们以物质以柔情一点一点地喂养她。

朦胧灯光里,她的手脸像蒙了一片暗红薄纱,看得不真切,是面目模糊的欲望脸孔,可以是任何人——也许喜欢她的人不过是虚荣心作祟。有时她静静地让那骚动的湖水咕咚咕咚地浮起沉下,有时就不能自持地投向那泛滥汹涌的狂潮。一个浪接一个浪拍打过来,她在不知名的无边湖水里并不想记得凑上前来的一张张陌生脸孔。潮退,人散,人面隐没,她心里有数,艳阳高照下,什么都应该消失,任何人也都不复存在。

她是在另一个场合遇见吴浩云的。

那一回去千佛寺祭拜表姊。烧纸宝时,金黛螺捧着金银衣纸,在烛火中点燃,然后丢到后院的大炉子里,一不小心,纸宝着火的部分,触及吴浩云的胳臂,那衣袖登时乌黑了一团。金黛螺忙不迭地道歉。后来才晓得他其实是基督教徒,到这儿来不过是陪朋友,她倒没有问得仔细,原本有些事情不必挖掘,不过当下做了个决定。

金黛螺淡淡一笑,笑容里似乎藏着什么,又仿佛一无所有。有的是一身的宝光珠翠、卡地亚钻石手表、纯银打火机——镜光流溢,她微微抬起头,一脸自信。镜子里的女子与她一模一样,也就因为她,她一生不能摆脱这个如影随形的镜花艳影——是为了另外一个她,所以疲于奔命地抓住一切自以为值得的虚物幻影。

芬芳二字,那芬永远难以压制在芳的身上。

黛芳换上了金黛螺——黛螺描上金色,像把尘世繁华显赫的名声,镂刻在其上,生生世世也离开不了。

六 梅苑遗事

　　难得一次，金蕊一扭一扭地走到柜台去。

　　老顾客寒暄问好，语气似乎把她视为梅苑的局外人一般。她感觉权柄渐渐失去，她仿佛也失去了魔力——从前眼前的事物一丝一缕逃不出她的法眼；如今不过是暂时不过问，就等于是打入冷宫。老一辈人说世态炎凉，一点也不差。自己还没有跌进谷底，倒是听见不少类似的话语："钟奶奶您享福了，打算回唐山吧？轻松一点没什么不好的，忙碌了一辈子，现在就是苦尽甘来的时候——"金蕊冷笑，他们简直当她是枯木朽枝一样。

　　六十岁的她，看起来顶多不过四十来岁——心里永远放不下，也就悉心照顾着容颜肌肤。她这方面不积福，不像其他太太奶奶，安心顺意地坐躺吃喝，心甘情愿地苍老下去。想必活着像慈禧太后，也少不了用牛奶洗澡，用珍珠粉涂脸——金蕊每天吃得半饱，即使难得一见的龙髓凤肝，至多也三口即止，不过分摄取。她深信不疑的燕窝首乌，却无日无之。而且金蕊总是在午后坐在房里，叫仆妇剔掉头上银丝。偶尔也要染发，一面拎着小镜子，前后对照，盯住仆妇的手势轻缓，稍不留神，染得不够均匀，就会被她斥责。金蕊又嫌一直梳髻，显得老态——只因为是过时的发式，也便不在乎烫发了——剪短，烫得一卷卷的，堆在头顶，务求年轻几岁。还得抽空描出两道纤纤柳眉，胭脂点唇，并换上一身中式衫裤，丰容盛鬋，七分雍容，三分贵气，谁敢说她老态龙钟？那一年惜妹过来略坐。真叫人吓了一跳，还是小一辈的人呢，已经是憔悴黯淡了——当然也因为人事变迁，两个女儿先后故世，打击奇大。花朵般艳丽的姊妹就这样子没了。接下去，连惜妹也跟着走了。他们家其实都不长命，像银蕊，记忆也快蒙尘泛黄了，她活着的样子凝定在时光里，永远青春，不必想法子保持娇嫩，推迟老化的时日。

瞥了一下自己的三寸金莲。趁机把老旧绣鞋全锁进笼箱里，咬牙，买了女装皮鞋，小号的，再学别人把棉花棉布塞进鞋里，一步步吃力地踱着，但求不让人看出是个小脚女人。

自此金蕊便频频到梅苑去。然后叫黛芳转到厨房做采购工作，不必到柜台上。

把那老早没用的乌木算盘摆在桌上，以方便计算。从前经常上门的主顾，无不惊叹，仿佛觉得时光倒流，回到战前的光景：

年轻丰艳的女东主斜倚在罗汉床上，烟光迷蒙，吞吐自如，谈论着与自己最切身的时局。他们似乎不大相信自个儿的眼睛，日子愈久，金蕊的魅惑力量一点也不受岁月的侵蚀，活到最后，怎可以越活越回去，回到花红柳绿的时代？疑幻疑真，他们重新召回了过去的感觉，旧有的归属感，进入这里，恍惚迷离，似乎年月也一一倒转——没有担惊受怕，多了一份罩着一层橙黄金色的美好。

金蕊再次调配菜式，实行复古佳肴，让老饕重享盛宴——梅苑大门挂上了走马宫灯，灯影旋转生辉，公会会馆的联欢酒宴纷纷订桌，指明要旧式菜肴，一试怀旧风味。

她雇一辆汽车，负责日夜接送。一打开车门，仆妇则替她打伞，弹簧大黑伞，嘭一声撑开，高举在头上，遮住了天光——时代流转生生不息的天光，照着金蕊的头脸，一点也起不了催促的作用。至少这一次，她又寻回了权柄，重掌梅苑，宝座的荣光悄悄地迎向她了。

之前一批羡慕金蕊老来享福的人，如今却换了语气，竖起大拇指，称赞她能者多劳，那一柄宝刀还未生锈。金蕊照旧笑得灿烂，不露一丝厌恶。不能得罪他们，毕竟是生意场面上的老主顾。然而心底的叹息却免不了，明知道跟红顶白见风使舵已经是金科玉律了，但事到临头也不得不心寒。

黛芳倒是没有说什么。

要是有什么不满，也轮不到她来申诉。金蕊亢奋了好几天，急需养足精神，于是在房门外搁了一张镂空藤榻，躺在那儿歇着，旁边放着一罐烟卷，也不过贪图方便，嘉应子、梅干、花生等零食都不缺，万一睡不着，嘴巴干苦无味，至少有点零嘴咀嚼。这许多年都习惯了，金蕊一入眠，偶有一两声鼾声之外，几乎没有任何杂念，她也不转侧翻动，只是偏着身子沉沉睡了。

睡梦中有女子站着。金蕊一惊，还道是死了多年的银蕊——金蕊不禁抓住胸前的衣襟，嘴唇微颤，一双眼睛全睁开了。

不是她。黛芳站在藤榻前，一阵风吹来，头发飘了一飘，就连身后照进来的金色阳光也晃漾不定。之后金蕊就一直记得黛芳当天轻柔低回的声调，她低下头说："外婆，我想去念书。"金蕊仿佛感到无限轻松，女孩子肯这样子想，证明她有志气，也省去了处理她的麻烦——把权力交出去，又收回来，徒增话柄。且黛芳毕竟是姑娘堂的优秀生，根本犯不着在梅苑度日。她理应翩翩地飞出去，寻找另一个世界。金蕊带着愉快的口气答应了。

谁也想不到黛芳把那笔升学费用，拿来参加选美。索性搬到外面，独立自主，从此断绝来往。金蕊气得咬牙切齿，骂她是小贱人，忘恩负义。仆妇掀开报纸，在密密麻麻的字里行间找出了黛芳的新名字："金黛螺"。金蕊斥之为忘本，连钟家姓氏也丢掉了，打扮得妖妖娆娆的，让人评头论足。回过头来想，这黛

223

芳一直崇拜表姊范月蓉,艳羡她在舞台上的风姿媚态,当初跟她学了不少,对镜端详,研究眼波流转,训练左脚在前,右脚在后,形成丁字步,一手挽起镶珠子皮包,另一手手指翘起做兰花状。黛芳的歌声及不上月蓉,那时水罗松街坊说起早期的歌台,最为瞩目的要数月蓉。一次黛芳看月蓉跳曼波,只见她一身紫红的流苏衣裳,极窄极小,背后的乐队爆发了狂浪的节奏,月蓉笑着舞着,一朵玫瑰斜簪在她的鬓发上。她旋开了腰际的流苏,看见了乳波臀浪。黛芳从月蓉绽放短暂青春的欢悦里,得到了启示吗?如今她要把黛芳的名字和身世抛得远远的。

后来金蕊几乎对黛芳和蝶芬的放逐感到麻木,就算是她们的生母,她也几乎忘记了。也许是丈夫贵生的遗传,总之不能长留在家里,天涯海角仿佛永远有着吸引力,叫他们一步步跨出门去。

有时金蕊会顺口问起:"也不知惜妹怎样了。月芙月蓉嫁了人没有?"一下子跳跃到另一时空,仆妇纵然也有老糊涂,却明明记得她们一个个都安息黄泉了,这一来似乎没有任何人可以见证从前的沧海今日的桑田,她一路踏过的繁花遍地简直是一场虚幻。

没有人会问起玉蝉这个人。早几年,仆妇们曾瞒着金蕊去看她。

疗养院的风景极佳。她们租坐霸王车,从窗口望见一片绿意,然后穿过花木扶疏的小径。下了车,来到会客室,略坐了一会儿,护士便领了玉蝉过来。她们屏息以待,一个中年妇人含笑走出来,一身白袍,脸色红润。她坐下来,吃着仆妇们带来的点心,一碟排骨,一碟酿豆腐。没有吃完,玉蝉就停下筷子,亲切地问好,说起金蕊:"阿娘好吗? 身子怎样?"她也没提蝶芬、黛芳两姊妹,她仿佛不记得自己曾经生过小孩。

离开会客室,依旧穿过小径,花木丛里,蝉声聒噪,知了知了,叫个不停,多年后还在仆妇的耳边响起。

七　焰花录

　　时间还早,天色未完全黑透,仍余留一片暗紫——从窗外望出去,像是在深海。金黛螺举起一杯印度姜茸雪糕,细细品尝起来。吴浩云一手支着头,用叉子戳了戳咖喱羊肉,忽然想起了什么,笑道:"早些年,我带过一个女子来这里——"金黛螺一手抹去唇边的雪糕白沫,微微一笑:"我可没有要你告解。"她抬眼,见满室的珠影灯闪,璀璨得有点虚假,即使是童话故事里的天竺后宫,底下繁华荣耀的人们转瞬间便打回原形——幸好,她止于过客身份,且是搜刮者,一次两次之后就离开了。

　　"也许我会替你生个孩子。"金黛螺吸了口绿薄荷酒,吴浩云则报以一笑。

　　当然面对他,不可能不动心——像猫儿缓缓地将爪牙一一缩进内里,现出妩媚娇柔的一面,却不见得他会让她安定下来,即使生活稳定，也不过一段时间，犯不着巴巴地嫁过去。据说，吴家的规矩严得不得了，她难以想象自己会是个忍屈含悲的媳妇。

吴浩云在微暗灯影里，低首喝酒。金黛螺情不自禁地去摸他的下巴，在刺人的须子部分来回拭擦。到底他是一般千金小姐的理想丈夫，一切现代文明的生活模式，在婚后一一展开：白天他在办公室处理案件，或者上庭；妻子便在家里厨房系上白围裙用烤炉烧栗子鸡，以文火煮莲藕排骨汤，喜欢南洋风味，大可加一道咖喱羊肉，然后开着电唱机，播放最新欧美流行曲，她踩着舞步，在客厅里吹着口哨打扫；假期他们双双到金马仑槟城度假；平日偶尔平民化一点，去热闹喧哗的唐人街，模仿一般市民与贩夫走卒讨价还价，跟着人群去吃炒福建面。

金黛螺一笑，却感到无限惆怅。

她只能沉溺于类似的角色一段日子，绝无可能天长地久地演出——纵然是对着自己喜欢的一个人。像从前在钟家由仆妇陪着去看广东大戏，往往有天上神仙，痴恋人间男子，借故下凡，成就一段姻缘，之后仙女仍然要回天庭去。天上是天上，红尘是红尘，临行还把骨肉交还给丈夫——台上最后一幕总是《天姬送子》。她就只好把自己当作误入尘寰的仙姬，虽然没有天兵天将的威胁，可到底明白普通夫妻的生活，不是她所能过的。

吃了一块烙饼，向玻璃窗投去一眼。夜色已浓。窗镜里似有一个女孩子的面影晃过——她不再是从前与孪生姊姊斗气的无知丫头，也不再是蹲坐在穿衣镜前殷殷注视着表姊范月蓉的那个小黛芳了。隔着无数年月，她知道过去的她已老早死掉。

这个时代少了金黛螺的艳光点缀，不见得有什么损失，但是多了她的存在，却有着异样的姿彩丰艳，撩人心魂，甚至变作当年象征式的存在。只是她从来不理会时代的变幻：马新分家；越战又开始；国内还有马共分子；又或树胶锡米的价格起起落落，也从不与她有何关联。她聪明地以保护色隐身在一隅，不让政治的须须爪爪爬上来。

所以一切关于金黛螺的，从不属于正史。

点点滴滴，全归入野史逸事里。据说她真的为吴浩云生过一个女孩子，可却未曾有过结婚的意思——大概这就是奇女子的作风了。

后来又断断续续传出了不少谣言。大概要等到六九年局势才稳定——仿佛一阵轰雷巨响，底下人马上震慑了，不再絮絮聒聒。那一年开始感到种种的不安稳，身份的不确定，一颗心像无航向的孤舟被抛置在茫茫大海上。他们说那个时期金黛螺躲在外国，不会太远，最有可能是澳洲。

当然以后市面上又逐渐恢复了热闹，不像早一阵子还得在戒严时段去抢购过期罐头，甚至有人抱了十多桶核桃酥回去，吃得快要腻死了。

崛起的理所当然是后起之秀。男人还是同一批男人。但滴粉搓酥娇媚艳丽的女子却已像走马灯一般，来回转动，一个比一个年轻，一位赛一位心狠手辣。

金黛螺再有无穷魔力，也难有回天逆行的本事。

差不多是上个时代的芳名，时光仓促得让人吃惊，何况一直有不成文的规定，五年为一代，还有更苛刻的，三年两年算是一代了。金黛螺如今跨过七十年代，早被打入过时的迟暮佳人一派了。

只是她稍微走下坡，到底不损那份风华。半退隐状态代表已然退出了上流社交圈的马戏班。偶尔神龙见首不见尾，更有难言的惊艳效果——靠近白沙罗高原一带的居民，有时清早会看见她出来晨运：白色系列的运动装，头上还戴着帽子，脸上挂着谦逊的笑容。人们也相应地客气起来，评价然后也随着好了："……人倒是没有怎样，不知为何他们要把她说得如此不堪。"当金黛螺一身华贵地出现在公众场合，一些太太们互相耳语，但最多也不过是在打听她现在跟哪一个男人，或者又置了什么新装。

当然她并没有跟吴浩云地老天荒厮守在一起。

有人在他面前提起她——吴浩云依旧不过是笑笑，仿佛云过了无痕，没事人一样，一点也不介意。但别人难免会猜测他到底还有说不出的怅然感伤吧？都好几年了，而且一直是他心爱的女人,旁人无止休地说着金黛螺的坏话,他也不为所动,可见是真爱了。

吴家如山影沉重的压力总是存在着。一般是受西方教育,就他们家比较守旧,娶亲没商量肯定要讲究家世,轮不到只听吴浩云的一面之词。金黛螺更是讳莫如深,从不提吴浩云这个人。

不久,别人在一次官方场合,捕捉到她的惊鸿一瞥。发觉金黛螺已装扮成马来佳丽的模样,包上头巾,一袭娇黄糅杂着金银图案的卡巴雅衣裙,曳地而行。起初以为是偶尔做巫族打扮,稍一打听,原来她已是拿督依不拉欣·黄金顺的第三任夫人,大概自此就皈依回教了。

一直等到金黛螺猝死,人们才晓得她的教名:罗诗玲达。这个名字带来的震撼,比原名的钟黛芳更加强烈。

另外传得最为炽烈的,是在金黛螺临终前几天,其孪生姊妹来见她最后一面,说的人言之凿凿。话说当天那拿督依不拉欣·黄金顺的别府来了不少人,有的在诵念《古兰经》,而门外径自走进一位妇人,神情俏似金黛螺,后来有人领她去三夫人的卧房。说了些什么,无人知晓。

到半夜,这一代名媛就魂飘香褪了。人们感兴趣的是她究竟采用何种宗教仪式下葬——毫不意外,拿督黄坚持用回教葬礼,太阳下山前便得低调地葬入坟场的一个墓穴里。之前有好事之人预料杨金蕊势必出马抢夺外孙女的遗体。

小道消息没有停止过。有的说金蕊不计前嫌,在金黛螺病重时探望她,还带来了抗癌的生草药,眼熟的人记得那是个穿得极为体面的老太太,走路略微迟缓,可一双眼睛宝光四射,锐利异常。他们说金黛螺哭了,一句话也说不出,或者有,也是断断续续,抽泣呜咽,有一句没一句的。金蕊此时凝望着自己的外孙女,这个从自己血液里流出去的一朵焰花,如今竟然将要结束灿烂,油尽灯枯了。生命之火,剩下一瓣火蕊,做最后的挣扎——金蕊却仍屹立不倒,看尽整七十年的世事,愈活愈顽强,别人反而一个一个倒下去。

"黛芳——"金蕊轻轻地叫她。

金黛螺泪眼模糊,微仰起头,仿佛好多年没有听到有人唤她这个名字了。

八　天光回转

　　出事的那个下午，金蕊只觉得头沉沉的，拎了一小罐祛风油，倒了些涂在额头，辣得不想睁开眼睛，是前所未有的疲累倦乏，大概是年纪的关系……稍发点脾气，就胸口发闷，不躺一阵子，根本不可能缓过来。身子窝进里面一点，四肢忽而有如重新归位，金蕊微微地呻吟，不想起来，宁愿选择把时光虚掷在这罗汉床上。略微醒来，便叫人将饮食送上来，不必下床，省了不少脚力。

　　"贵生嫂子……"

　　有人叫她。头昏昏，勉强撑开眼睛，床头一个青花瓷墩子，坐着个黑衣妇人。金蕊看不真切，揉揉眼皮，坐直身子，欲下去看个究竟。多少年来还有谁唤她贵生嫂子？她细看，那黑衣妇人含笑端坐，很熟悉，却认不得是何人。

"你倒是贵人事忙,健忘……"

黑衣妇人一笑,起身,踏在金光里面,招招手,然后不见了。

金蕊以为眼花,心里突然一凉,这是钟家的姨太太,老早过世……怎么自己一转身就忘了?金蕊乍惊,急急地走到楼梯口,窄小金莲,扭了扭,脚底一滑,她一个措手不及,整个翻滚下去。

杨金蕊昏迷不醒,从七月十三日开始。送到医院……只因为是政府医院,办手续也花了二三个钟头,随着而来的老仆妇费尽唇舌,护士懒洋洋,爱理不理;逼急了,便答应问医生;可是周围都是人,坐着,站着,耐心等候;老仆妇无不气得跳脚暗骂,怎么失策如此,早就应该去私家医院。过了颇久,才有床位,让金蕊躺着。

老仆妇过后回想,这一定是劫数,应来的始终会来。钟家亲戚不大来往,此刻听见消息,不得不略表关心,堂侄媳妇,远房侄女,大大小小来了四五个,问了病情,方知悉金蕊脑后积瘀血,导致昏迷,开了刀,却还未醒来。

有人开始计算她的财产。不动产先不论,他们说她半夜睡不着,起来擦拭金条,欣赏黄金色泽……没有经过当事人承认,都是谣言。谣言还包括家放寿板的故事:老一辈认为把寿板放在家中,每年涂一道漆,仿佛福泽绵长的意思。只是隔窗瞥见一口旧式棺木,两边如飞檐翘起,阴森森的,人们但觉寒气逼人……金蕊一直无病无痛,似乎源自于此。

另一厢这撮远房亲戚趁机插手做主，揽权侵占。颐指气使不可一世。老仆妇看不过眼，要求他们先让金蕊转换私人医院再说。钟家亲戚一个个摇头，认为病人不宜搬动，以免影响病情。仆妇冷笑，心知这帮人分明打算不闻不问，一心等着金蕊昏迷不醒，瓜分她的财产。

闹得天翻地覆，就有同房的老人家出来批评，说是要做主也轮不到他们，钟家死了黛芳，还有个蝶芬。传说她流落他方，行踪诡秘，有时无端出现，有时遍寻不获……可是有消息出去，就有人主动去探听。后来竟然传来报告，蝶芬与一个编竹帘的男子成婚，还生下一女；之前听说她在马戏团表演的事迹恐怕不可靠。有心探访的人在海边椰林偏僻处，遇见过蝶芬。她照样清丽可人。他们说起金蕊境况，蝶芬但笑不语，然后从庭院里捧出一小盆花，说是紫罗兰，那人看了看，只见花开小瓣，花色紫红。蝶芬笑道："外婆不过是暂时，不久就会没事儿。"并问候以前服侍过她的仆婢，说如今生活很好，不想回去了。

那盆紫罗兰带回来，仆妇一见，泪流满襟，翌日就捧住它，放在金蕊的床头。轻轻地说："芬女来看你了……"金蕊双眼紧闭，似毫无反应。

一直到夜里，医院才打电话过来，金蕊醒了。一度欲挣脱扎在手臂的管子，护士狠狠地吼了她几声才罢了。

金蕊躺在床上，双目失神，口唇泛白，整个人瘦了一圈。但她的魔力仿佛还没有消失，一众人等小心翼翼不敢造次，只轻轻地问她精神怎样了。金蕊嗯一声，淡淡的，也没有回应什么话。渐渐地，他们散了……失望透顶，原来金蕊还没有完，倒以为生命的台面地盘，理应由他人来打骰子，谁知骰子没抛跌落地，它仍旧被牢牢地抓在她的掌心里。

亲戚前脚一走，金蕊立即皱眉头痛起来。尤其像她习惯在人们面前逞强的，可见现在真的受不了。仆妇揿铃，护士姗姗来迟，稍微看了看，说医生早给了药丸，指了指茶几，就离去了。金蕊咬牙，把药丸一摔，叫仆妇替自己揉起太阳穴，那劲道刚好，手势快慢适中。她舒了一口气。

像从黑暗通道钻出来一样，原来有这么一天。

仆妇低声把近日境况一一报告，金蕊也不知是不入耳还是听不见，只默然不语。

她记得当日天旋地转，久久不能起来。之后她勉强爬起，一双金莲一扭一扭，走得奇慢，却忘记周遭景物已暗换。一看，竟是无光的所在，暗暗淡淡，她喊平时熟悉的名字，暗骂他们死去哪里了。穿过一扇门，门后有人影晃动，恍惚中是清晨时分的市集，忙碌不已。衣妆颜色灰黑褐黄，看起来很眼熟。当中有人笑道，杨大姊你倒好，去了南洋州府多年，总不见你回来探望我们。金蕊正要解释，心里突然一惊，忙回头转身。转去何处？似乎回头路难寻了。

多年前的唐山街坊却在此刻遇见。

金蕊从那儿出来后，就再也没有回去了。只有个婶母在旧居，老早过世了。早几年，他们老是托人带口讯来，说是哪个子侄娶亲，需要费用若干；又或修补祖坟风水，逐渐狮子开大口似的，将她当作羊牯。她就恨他们那种穷凶极恶的需索无度。她从不吝惜做善事，只是没有在乡下修桥补路。

前阵子，回唐山还得申请，非得超过六十岁不可，又要直属亲眷的书信往来证明，繁文缛节的。金蕊自认行动不便。好不容易从那里出来，绝不像其他人，一丁点的风光也要敲锣打鼓回去报告。到底，行动不便是推托……她明白害怕面对什么。

何况"回唐山"是何等忌讳的字眼。

过去年迈的过番客落叶归根，死也要死在唐山，预感大限不远，就打点行装，坐船返乡，来不及则运回尸骨安葬，了其心愿。此地马来人问起，他们笑称，"返回唐山"其实跟死亡没有分别……对金蕊来说，更加是禁忌。

那遥远的故土只有一点缥缈绮丽的记忆：祖屋门前的一棵桃树，等到春天，一树桃花，开得天边都红遍了。她和银蕊步出屋外……银蕊脚大，仰头笑道："阿姊，你看……"金蕊步履姗姗，微笑看着。这些来年隔月的山歌，她几乎忘光，就在梦魂里也未曾响起……一问一答，到底是撩拨挑引的伎俩，但愿从来没有听过。后来在一次慈善义演晚会上，便有上了年纪的一男一女,穿得光鲜异常,上台表演。金蕊一看即反感,似乎一下子把封箱的往日时光倒出来,要不是顾及颜面,她马上就要离场。《刘三姐》轰动新马。和金蕊同年龄的老太太们一次次重看,永不言倦,然后买了唱片,在家里早晚播放,听个过瘾。金蕊是兴趣缺缺,还有个老乡献殷勤,送了两张三十三半转唱片,说是山歌姻缘还是山歌恋。她收下后,扔给身边仆妇,也不去听。

金蕊在梦中匆匆走到桥上,前面站着银蕊一人,笑盈盈的。金蕊一句话也说不出了。几十年岁月像夜晚吹来的风,呼呼不断,一瞬间过去了……银蕊还是没有放过自己。银蕊轻轻跟她招手,金蕊回头,一直走到桥对面。之后醒来,才省起,身在尘世。

金蕊还活着。

银蕊一家子大都过去了。阿勇、范舟桥、惜妹、月芙、月蓉……而钟家这里,孪生姊妹的黛芳亦香消玉殒,蝶芬不知所踪。

而仆妇大概也忘了告诉金蕊,那盆紫罗兰的由来……金蕊瞥了它一眼,就离开了医院。过后她也没问起蝶芬,实在是因为现实的俗务一件件逼过来。

立在梅苑门前,天光炽烈,艳阳高照。金蕊一笑,钟家那批亲戚要她把账目交出来,哪里这么容易……

汩汩流动的血,胸口一起一伏。她望望天色,走入梅苑——这个姿势,多年前已有人见识过了。